GW01319867

El despertar de los invisibles

Salomón Malak

Published by Salomón Malak, 2024.

EL DESPERTAR DE LOS INVISIBLES

First edition. October 20, 2024.

ISBN: 979-8227690449

Written by Salomón Malak.

Tabla de Contenido

A los marginados de la sociedad.

SALOMÓN MALAK

EL
DESPERTAR
DE LOS
INVISIBLES

Thriller de ciencia ficción

Capítulo 1:
La Primera Sombra

E ra el año 2024 en Bogotá, Colombia, una ciudad vibrante y caótica donde los rascacielos y las casas coloniales coexistían en una intrincada mezcla de pasado y futuro. María Catalina Duarte, una mujer de 34 años con ojos verdes penetrantes y cabello castaño que caía en ondas suaves hasta sus hombros, observaba la ciudad desde la ventana de su pequeño apartamento en el centro. Su rostro mostraba una mezcla de determinación y cansancio, marcado por noches de insomnio y días llenos de investigaciones incansables.

María Catalina no era la heroína típica; no tenía súperpoderes ni un físico espectacular. Era de estatura media, con una figura delgada pero fuerte, producto de su rutina diaria que incluía largas caminatas y sesiones ocasionales de yoga para lidiar con el estrés. Vestía ropa práctica y cómoda, casi siempre en tonos neutros, reflejando su carácter modesto y su enfoque en el trabajo.

La reciente revolución tecnológica había transformado Bogotá en una metrópolis moderna con luces de neón y hologramas publicitarios que pintaban un cuadro brillante y vibrante, pero María sabía que bajo esa fachada resplandeciente se escondían sombras invisibles. Las desigualdades y la corrupción eran tan omnipresentes como siempre, solo que ahora estaban más ocultas bajo el brillo de la modernidad.

Trabajaba para "El Eco de la Ciudad", uno de los pocos periódicos que aún resistían en la era digital. Sus reportajes habían desenmascarado a políticos corruptos y empresas fraudulentas, pero nada la había preparado para lo que estaba a punto de descubrir. Era una periodista tenaz y ética, con un sentido de la justicia que a veces la llevaba a arriesgar más de lo que debería.

El correo electrónico llegó sin previo aviso. No tenía remitente conocido, solo un asunto que decía: "¿Quieres ver lo que los demás no pueden?" María dudó antes de abrirlo. La curiosidad pudo más que la precaución. El mensaje contenía un archivo adjunto y un breve texto: "Ven sola a la esquina de la 5ta con Main a medianoche. Lleva el archivo contigo."

Contra su mejor juicio, María descargó el archivo. Era un mapa con una serie de coordenadas y una nota: "Esta es tu única oportunidad." A medianoche, la ciudad estaba más tranquila, pero nunca completamente en silencio. María llegó a la esquina indicada, su corazón latiendo con fuerza. Un hombre con un traje oscuro y un sombrero de ala ancha estaba allí, esperándola. Sin decir una palabra, le hizo señas para que lo siguiera.

La condujo a un callejón estrecho y oscuro, hasta una puerta de metal oculta entre los ladrillos envejecidos. Dentro, la atmósfera cambió radicalmente. Pasaron por un pasillo iluminado tenuemente por luces fluorescentes, hasta llegar a una sala de control llena de pantallas y equipos tecnológicos que María no reconocía. El hombre finalmente habló: "Bienvenida al núcleo de los Invisibles. Me llamo Alex."

Alex tenía una presencia imponente, con una barba bien recortada y ojos oscuros que parecían penetrar en el alma. María sintió un leve estremecimiento, una mezcla de intriga y atracción que no esperaba en ese momento. Trató de centrarse en las circunstancias, pero algo en la voz de Alex y su manera de moverse la desconcertaba.

"Hemos estado observándote, María. Sabemos que buscas la verdad y que no te detendrás ante nada para encontrarla."

María, aún procesando la situación, preguntó: "¿Quiénes son ustedes y por qué me han traído aquí?" Mientras formulaba la pregunta, no pudo evitar pensar en la intensidad de la mirada de Alex. ¿Era esto simplemente una misión para él o había algo más?

Alex levantó una mano para detenerla. "Lo que estás a punto de ver cambiará tu percepción del mundo. Hemos desarrollado tecnología que nos permite existir sin ser vistos. Vivimos al margen de la sociedad visible, pero estamos aquí, observando, influyendo, protegiendo nuestros intereses."

Encendió una de las pantallas y mostró imágenes de personas que desaparecían en medio de una multitud, dejando solo un rastro borroso. "Estos son los Invisibles," explicó Alex. "Somos una nueva clase social, aquellos que decidieron dejar atrás el mundo visible para vivir en las sombras."

María sintió un escalofrío recorrer su espalda. La gravedad de lo que estaba escuchando y viendo la abrumaba. Las implicaciones eran enormes, y no podía evitar sentir una mezcla de miedo y excitación. "¿Por qué me han traído aquí?"

Alex sonrió. "Necesitamos tu ayuda. Hay una conspiración en marcha, una que podría destruir no solo a los Invisibles, sino a toda la sociedad tal como la conocemos. Y creemos que tú eres la única persona que puede desenterrar la verdad."

María estaba a punto de hacer más preguntas, pero Alex la detuvo nuevamente. "Lo que estás a punto de descubrir es más complejo de lo que puedo explicar aquí. Necesitarás hablar con el Dr. Martínez. Él es el verdadero arquitecto de nuestra tecnología y entiende mejor que nadie los riesgos y las posibilidades. Él puede darte una perspectiva completa."

"¿Y dónde encuentro a ese doctor Martínez?" quiso saber ella. Alex la observó con desconcierto y dijo: "Por eso te necesitamos, no sabemos dónde está.

Alex quiere asegurarse de que María entienda la verdadera magnitud y la historia de los Invisibles de una fuente que considera más adecuada y confiable: el Dr. Martínez. Este doctor no solo tiene un conocimiento más profundo y técnico de la tecnología de invisibilidad, sino que también tiene una perspectiva histórica y ética que Alex cree que es crucial para que María comprenda completamente la situación.

María respiró hondo. La propuesta era tan intrigante como peligrosa. Sabía que aceptar significaba adentrarse en un mundo del que tal vez no pudiera regresar. Pero su instinto periodístico la impulsaba hacia adelante. "Estoy dentro," dijo finalmente, con una determinación firme.

Alex asintió. "Entonces prepárate, porque el juego acaba de comenzar."

En ese momento, Alex se dio cuenta de que su misión había adquirido una dimensión más personal. La presencia de María no solo prometía éxito en su causa, sino también una inesperada chispa de humanidad que él había olvidado hacía tiempo. Y en el fondo, ambos sabían que su relación podría convertirse en una fuerza poderosa, tanto para su misión como para ellos mismos.

Capítulo 2:
Ecos de la Oscuridad

María salió del escondite de los Invisibles con la mente girando en mil direcciones. Las calles de la ciudad parecían más oscuras y más amenazantes ahora que conocía la existencia de aquellos que caminaban sin ser vistos. La propuesta de Alex aún resonaba en sus oídos: descubrir la conspiración que amenazaba no solo a los Invisibles, sino a toda la sociedad. Sabía que no había marcha atrás.

De vuelta en su apartamento, la intrépida reportera se sentó frente a su ordenador y comenzó a revisar sus notas. Había algo inquietante en la idea de una sociedad paralela que existía en las sombras, pero más perturbador aún era el hecho de que estos Invisibles estaban en peligro. Necesitaba más información, y sabía exactamente a dónde ir.

La oficina de "El Eco de la Ciudad" estaba casi desierta a esas horas. Solo unos pocos periodistas nocturnos trabajaban en sus artículos, la mayoría luchando contra el sueño. María se dirigió a su escritorio, encendió su computadora y comenzó a buscar en la base de datos del periódico. Si había alguna pista sobre los Invisibles o la tecnología que utilizaban, estaría allí.

Horas pasaron mientras revisaba informes de desapariciones, avances tecnológicos y teorías conspirativas. Finalmente, encontró un artículo antiguo sobre un científico llamado Dr. Emilio Ramírez, quien había trabajado en un proyecto secreto para el gobierno relacionado con un posible proyecto de innovación militar, que entrecomillas decía "invisibilidad". El proyecto había sido cerrado abruptamente y Ramírez había desaparecido poco después. Era una pista débil, pero era todo lo que tenía.

María decidió que su siguiente paso sería encontrar al Dr. Ramírez, o al menos a alguien que supiera más sobre su trabajo. Había una sola persona que podría ayudarla a localizar a alguien tan esquivo: su viejo amigo y experto en informática, Javier.

Javier vivía en un pequeño apartamento lleno de equipos electrónicos y pantallas parpadeantes. Era un hacker excepcionalmente talentoso, aunque su insaciable curiosidad lo había metido en problemas más de una vez. Tenía un comportamiento peculiar, una serie de hábitos que solo quienes lo conocían bien comprendían. Siempre se sentaba de manera encorvada en su silla, con los pies descalzos sobre el asiento, y sus dedos se movían sobre el teclado con una precisión casi hipnótica, como si su mente operara en una frecuencia diferente.

Mientras trabajaba, murmuraba en voz baja, como si hablara consigo mismo, desmenuzando cada detalle en su mente antes de plasmarlo en la pantalla. María comprendía que este era su proceso; un flujo de pensamiento tan rápido y complejo que resultaba casi imposible de seguir para los demás.

"Dr. Emilio Ramírez," murmuró Javier mientras sus dedos volaban sobre el teclado. "Este tipo ha estado fuera del radar durante mucho tiempo, pero si hay algo sobre él en la red, lo encontraré."

María observó con nerviosismo mientras Javier trabajaba. Después de lo que pareció una eternidad, él se recostó en su silla, manteniendo su inusual postura, y esbozó una ligera sonrisa, más bien una mueca de satisfacción que un gesto de alegría.

"Lo tengo. Ramírez se mudó a una pequeña ciudad costera hace unos años. Vive una vida tranquila, sin levantar sospechas. Tengo su dirección."

María se sintió aliviada y asustada a la vez por la ligereza y efectividad con la cual el hombre había dado con Ramírez. "Eres muy bueno en tu rama", pronunció.

Antes de responder, Javier la miró con una seriedad que siempre la inquietaba. Sus ojos, que rara vez mostraban emociones, parecían evaluar todas las posibilidades al mismo tiempo.

Javier se levantó, caminando con esa despreocupación característica que a María siempre le había parecido desconcertante. Se acercó a ella y, en lugar de enviarle la dirección digitalmente como de costumbre, sacó una pequeña nota doblada de su bolsillo y se la entregó en la mano. El contacto de sus dedos al rozarse fue suficiente para desencadenar un torrente de recuerdos en María, imágenes que la golpearon como un flashback.

Vio momentos de su pasado compartido, pequeños instantes que habían marcado su relación de una manera profunda. Los paseos nocturnos por la ciudad, las risas compartidas por cosas insignificantes, las conversaciones que duraban hasta el amanecer... Y luego, aquella última vez que se vieron antes de tomar caminos diferentes, cuando las palabras quedaron en el aire, no dichas, pero comprendidas.

Javier notó el cambio en la expresión de María, pero no dijo nada. Sus ojos se encontraron por un breve segundo, y aunque ninguna palabra fue pronunciada, ambos sabían lo que aquel momento significaba. Era como si una parte de su pasado volviera a tomar forma, aunque solo fuera por un instante.

"Gracias, Javier. Sabía que podía contar contigo," dijo finalmente, rompiendo el silencio.

Él asintió ligeramente, como si entendiera todo lo que había sucedido en ese breve cruce de miradas. "Ten cuidado, María. Si este tipo está involucrado en algo tan grande, hay muchas posibilidades de que no seas la única buscándolo. Y no todos tendrán buenas intenciones."

María guardó la nota en su bolsillo, consciente de los riesgos. "Lo sé, pero tengo que hacerlo."

Mientras se dirigía a la puerta, no pudo evitar volverse una última vez hacia él. Por un segundo, se preguntó si las cosas podrían haber sido diferentes. Pero ese pensamiento se desvaneció tan rápido como había llegado, dejando solo la determinación de seguir adelante.

E sa misma noche

La noche se había sumido en un silencio inquietante, pero el descanso de María no duró mucho. Se encontró atrapada en una pesadilla que la sacudió hasta lo más profundo. Estaba parada en lo alto de un rascacielos, el viento azotando su rostro mientras miraba hacia abajo. De repente, un hombre apareció en el borde del edificio, en el piso 50. Sin previo aviso, se lanzó al vacío.

El corazón de María latió con furia. Corrió desesperadamente, intentando llegar al borde para detener la caída, pero sus piernas se sentían pesadas, como si el suelo tratara de retenerla. Mientras el hombre caía, su cuerpo comenzó a desvanecerse, transformándose en una espesa nube negra que se extendió con rapidez por el horizonte, cubriendo todo a su paso.

El cielo se llenó de rayos y truenos, un sonido ensordecedor que se mezclaba con gritos y el bullicio de una multitud. María se detuvo, paralizada por el terror, cuando de repente, una puerta metálica apareció de la nada a su derecha. Se abrió lentamente, y una voz profunda y resonante emergió de su interior, como si proviniera de las mismas entrañas de la tierra.

"Lo que fue perdido, será encontrado en la oscuridad. Y cuando la sombra cubra la luz, el final de los tiempos se acercará. Una guerra cruel se aproxima con la furia de millones de soles en la galaxia. Los cielos se partirán, derramando fuego y muerte sobre la tierra. Las naciones se alzarán en un último aliento de desesperación, sus líderes convertidos en monstruos por el poder que no pueden controlar.

Los mares se teñirán de rojo, y las ciudades, que una vez fueron símbolo de civilización, se convertirán en cementerios de acero y ceniza. El aire se llenará de un grito sordo, el clamor de millones que buscan refugio, solo para encontrar su destino en el polvo de la destrucción.

Los pobres, que nunca empuñaron un arma ni derramaron sangre, serán los primeros en sufrir. La sed y el hambre los consumirán, mientras sus cuerpos se debilitan bajo un sol que ya no brilla con esperanza. Niños, ancianos, y desvalidos, inocentes en este juego de poder, verán cómo el mundo que conocían se desmorona sin haberlo merecido.

En los rincones oscuros de las ciudades desiertas, los gritos de aquellos que no tienen voz se perderán en el viento, como un lamento que nunca será escuchado. La tierra, que una vez les dio sustento, se volverá estéril, y el agua, que una vez les dio vida, se tornará amarga. Porque esta será una guerra que no discrimina, donde la muerte tomará a todos por igual, sin importar su culpa o su inocencia.

En medio del caos, los pactos de paz se romperán como cristal, y las alianzas se tornarán en traiciones. Lo que queda de la humanidad se dividirá, hermanos contra hermanos, amigos contra amigos, en una batalla donde la única victoria será la supervivencia.

Y cuando los cañones callen y las bombas cesen, lo que quede del mundo será irreconocible. La luz del sol será un eco lejano, eclipsada por la nube negra que se cierne sobre la esperanza. Los desvalidos, que ya no tienen fuerza ni para llorar, serán los verdaderos mártires de esta era oscura.

Este es el preludio del fin, donde no habrá vencedores, solo sombras que devoran lo que alguna vez fue vida. La tercera gran guerra será el juicio final, donde cada ser humano enfrentará la oscuridad en su interior, y los inocentes pagarán el precio de un conflicto que nunca pidieron."

María sintió un escalofrío recorrer su espalda. El aire se volvió denso, asfixiante, y la nube negra se cerró sobre ella, envolviéndola en un abrazo mortal. Intentó gritar, pero su voz se ahogó en la oscuridad que la rodeaba. Justo antes de ser consumida por completo, despertó de golpe, respirando entrecortadamente, empapada en sudor frío.

Su respiración se fue calmando poco a poco mientras trataba de distinguir la realidad de la pesadilla. Ya era de madrugada. El cielo comenzaba a aclararse tenuemente, aunque la inquietud seguía arremolinándose en su interior.

Decidió levantarse y prepararse para el día que la esperaba. Se dirigió al baño, dejando que el agua de la ducha lavara la tensión que aún persistía en su cuerpo. Al salir, eligió su blusa blanca favorita, un saco azulado que contrastaba con su piel, y una falda oscura de corte largo. La ropa le brindaba una sensación de control, una armadura contra las incertidumbres que la aguardaban.

En la carretera

Horas más tarde, con la dirección de Ramírez en mano, María salió de la ciudad al amanecer, su corazón lleno de determinación y una creciente sensación de peligro. La carretera hacia la costa se extendía serpenteante entre densos bosques de pinos y cipreses, cuyas ramas, cargadas de niebla, parecían susurrar secretos antiguos al viento. El cielo, aún teñido de azul profundo, comenzaba a aclararse, pero el aire seguía siendo pesado, como si el amanecer mismo dudara en disipar las sombras que cubrían el paisaje.

A medida que avanzaba, el ruido de la ciudad quedó atrás, reemplazado por el silencio inquietante del campo, roto solo por el crujido de las hojas bajo sus ruedas. Al acercarse a su destino, el aire cambió, volviéndose salino y frío, anunciando la proximidad del océano. Finalmente, llegó a una pequeña casa de madera, apartada y rodeada de un jardín descuidado. Las malas hierbas habían tomado el control, y las flores marchitas se mecían al ritmo del viento, como fantasmas atrapados en un perpetuo crepúsculo.

María se detuvo frente a la puerta desvencijada y tomó una respiración profunda antes de tocar. El sonido del golpeteo resonó en la quietud, quebrando el silencio como un presagio. Pasaron unos segundos antes de que la puerta se abriera lentamente con un crujido largo y quejumbroso. Un hombre mayor apareció en el umbral, su cabello gris desordenado y sus ojos cansados, pero afilados, como si hubieran visto demasiadas cosas que preferirían olvidar.

"¿Dr. Emilio Ramírez?" preguntó María, aunque ya sabía la respuesta.

El hombre la miró con desconfianza, y un destello de reconocimiento cruzó su rostro antes de que lo reemplazara una expresión de severidad. "Sí, soy yo," replicó con voz grave. "¿Quién es usted y qué quiere?"

María comenzó a presentarse, pero apenas abrió la boca, él la interrumpió con un gesto brusco de la mano. "No hace falta que se presente, señorita. Ya sé quién es. La he visto muchas veces en esos reportajes sensacionalistas que hacen en Noticias Horizonte. Y, si no me equivoco, también he leído algunos de sus artículos en el Periódico Nacional."

El tono del doctor era duro, y al mismo tiempo impregnado de una irritación contenida, como si la presencia de María fuera una molestia que preferiría evitar. Sin esperar respuesta, continuó con un tono cortante. "No tengo nada que decirle. No me interesa ser parte de ninguna historia que su gente quiera armar. Será mejor que se marche."

Intentó cerrar la puerta, pero María fue más rápida. Sujetó el marco con una mano firme y lo miró directamente a los ojos. "Dr. Ramírez, no estoy aquí por un reportaje cualquiera. Sé sobre los Invisibles. Sé que usted es uno de los pocos que conoce la verdad."

El hombre se detuvo en seco, su expresión se endureció aún más, pero la duda asomó en sus ojos. Miró a su alrededor, como si temiera que alguien estuviera escuchando desde las sombras. Finalmente, con un suspiro de resignación, murmuró en voz baja, "Aquí no. Entre, rápido."

María lo siguió al interior de la casa, donde la oscuridad apenas era rota por la luz que se colaba a través de las cortinas raídas. Mientras el doctor cerraba la puerta tras ella, el ambiente se tornó opresivo, como si las paredes mismas guardaran secretos demasiado peligrosos para ser revelados.

Con la sensación de que acababa de cruzar un umbral irreversible, María se adentró aún más en el oscuro y peligroso mundo de los Invisibles, consciente de que cada palabra que se pronunciara en ese lugar podría cambiar su vida para siempre.

Capítulo 3:
Sombras del Pasado

La casa del Dr. Ramírez era tan modesta como había parecido desde afuera. Sin embargo, al entrar, María notó que cada rincón estaba lleno de libros y papeles, con fórmulas y diagramas garabateados en hojas sueltas. Había un cierto orden dentro del caos, pero también un aire de abandono, como si su ocupante estuviera huyendo de algo, o de alguien.

El Dr. Ramírez la condujo hasta una pequeña sala de estar, donde se sentaron frente a una mesa cubierta de documentos. "¿Cómo supo sobre los Invisibles?" preguntó, su voz llena de una mezcla de curiosidad y desconfianza.

María se inclinó hacia adelante. "Soy periodista, comprenderá que nunca revelamos nuestras fuentes. Recibí un mensaje anónimo que me llevó a descubrir su existencia. Necesito entender lo que está pasando. ¿Qué es esta tecnología? ¿Quiénes son los Invisibles realmente?"

Ramírez suspiró, frotándose el puente de la nariz como si tratara de aliviar un dolor profundo. "Los Invisibles son el resultado de un experimento que se nos fue de las manos. Trabajé para el gobierno en un proyecto secreto destinado a desarrollar trajes de invisibilidad para usos militares. Querían soldados que pudieran infiltrarse sin ser detectados, pero las cosas no salieron como esperábamos. En teoría, se suponía que dichos soldados serían utilizados nada más como defensa militar en caso de algún conflicto bélico con otras naciones."

"¿Qué sucedió?" preguntó María, sus ojos fijos en el Dr. Ramírez.

"Descubrimos que la tecnología tenía efectos secundarios imprevisibles," continuó Ramírez. "Algunos sujetos de prueba comenzaron a experimentar cambios psicológicos y físicos. Algunos se volvieron paranoicos, otros simplemente desaparecieron sin dejar rastro. Cuando tratamos de detener el proyecto, era demasiado tarde. La tecnología ya se había filtrado al público."

María frunció el ceño. "Entonces, los Invisibles no son solo personas que eligen esconderse, sino también aquellos que han sido transformados por esta tecnología."

Ramírez asintió. "Exactamente. Y ahora, hay una lucha de poder en el submundo de los Invisibles. Algunos quieren usar la tecnología para sus propios fines, otros solo desean vivir en paz. Pero hay fuerzas más oscuras en juego. El gobierno y algunas corporaciones poderosas están tratando de recuperar y controlar esta tecnología a toda costa."

"¿Por qué te escondiste?" preguntó María, dándose cuenta de la gravedad de la situación, su voz baja pero cargada de intención. Mantenía una postura abierta, buscando no presionar, pero dejando claro que estaba allí para obtener respuestas esenciales, dado que ya se había dado cuenta de la verdadera situación.

Ramírez se detuvo un momento, con la mirada fija en el suelo, antes de levantarla lentamente hacia ella. Sus ojos, llenos de una tristeza profunda, parecían llevar el peso de décadas de secretos y remordimientos. "Sabía demasiado," comenzó, su voz cargada de amargura. "Intentaron silenciarme cuando traté de advertir al público sobre los riesgos. Lo que vimos allí... lo que hicimos... era una abominación. Tuve que desaparecer para protegerme y seguir investigando en secreto."

María se acercó un poco más, su expresión era la de alguien que entendía la gravedad de la situación. "¿Qué fue lo que viste, doctor? ¿Qué ocurrió realmente en ese lugar?"

Ramírez respiró hondo, como si tratara de ordenar sus pensamientos antes de continuar. "Cuando fui reclutado para el proyecto, me dijeron que estábamos trabajando en una tecnología revolucionaria, algo que cambiaría el mundo para siempre. La invisibilidad... no imaginaba lo que eso realmente significaba. Pensé que lo que hacían pasar como protocolos de seguridad era para proteger esta nueva tecnología. No tenía idea de lo que realmente estaba ocurriendo."

Se sentó en una vieja silla de madera que crujió bajo su peso, y continuó con un tono más sombrío. "Todos los científicos involucrados, así como los que daban órdenes, usábamos cascos herméticos provistos de oxígeno. Nunca podíamos vernos las caras ni escuchar nuestras voces reales. Las identidades de todos estaban protegidas, incluso entre nosotros mismos. Cada vez que terminábamos una jornada laboral, nos hacían pasar por una cámara de gas que nos hacía perder la conciencia. Despertábamos en cuartos separados que conducían hacia un pasillo, donde un carro con un chofer nos esperaba para llevarnos a nuestras residencias. Era como si todo fuera un sueño... o más bien, una pesadilla."

"¿Nunca sospechaste que algo iba mal?" insistió María, tratando de comprender cómo alguien tan inteligente podía haber sido engañado.

Ramírez esbozó una sonrisa amarga. "No, no al principio. Todo parecía estar justificado por la seguridad y el secreto. Pero a medida que avanzábamos en nuestras investigaciones, empecé a notar cosas que no cuadraban. Alcancé a escuchar dos nombres que siempre llamaron mi atención. Uno fue Isabella Romero, y el otro, un tal Alejandro Valdés. Hasta donde tengo entendido, él era la cabeza principal que lideraba el proyecto, financiándolo a través de contactos poderosos. Todo lo demás fue oculto a plena vista."

María sintió un escalofrío recorrer su columna al escuchar esos nombres. "Isabella Romero," repitió, intentando recordar si alguna vez había oído hablar de ella. "Y Alejandro Valdés... ¿Es todo lo que sabes sobre ellos?"

Ramírez asintió lentamente. "Es todo lo que sé de primera mano. Lo demás lo he investigado por mi cuenta desde que logré desaparecer del radar. Cada pieza de información que he reunido me ha llevado a una conclusión cada vez más inquietante. Este proyecto no es solo una innovación tecnológica. Es algo mucho más oscuro y peligroso. Una herramienta de control, de poder. Y lo peor de todo es que, incluso después de todos estos años, sigo sin saber la verdadera magnitud de lo que hicieron."

María sintió que las palabras del doctor resonaban en su mente como un eco sin fin, trayendo consigo más preguntas que respuestas. "¿Y tú... qué sentiste cuando te diste cuenta de la verdad?"

Ramírez la miró con una mezcla de dolor y vergüenza. "Vergüenza, María. Vergüenza por haber sido parte de algo tan monstruoso, por no haberlo visto antes. Por eso me escondí. No solo para protegerme, sino porque no podía enfrentar lo que habíamos hecho, lo que yo había ayudado a crear."

El silencio que siguió fue denso, cargado de una comprensión silenciosa entre ambos. Finalmente, María se atrevió a preguntar lo que más temía. "¿Crees que todo esto aún está ocurriendo? ¿Que los Invisibles siguen ahí, fuera de nuestro alcance?"

Ramírez asintió, su rostro marcado por una tristeza impenetrable. "Sí, y creo que lo que está por venir será aún peor." El doctor caminó hacia una estantería, sacando un viejo cuaderno. "Aquí hay nombres, lugares y detalles que he recopilado a lo largo de los años. Pero ten cuidado. Estas personas no se detendrán ante nada para proteger sus intereses."

María tomó el cuaderno, sintiendo el peso de la responsabilidad. "Gracias, Dr. Ramírez. No dejaré que se salgan con la suya."

María comprendía que la conversación que acababan de tener no solo había cambiado su perspectiva, sino también su misión. Ahora, más que nunca, estaba decidida a desenterrar la verdad, sin importar cuán oscura o peligrosa fuera.

Antes de que pudieran continuar, un ruido fuerte interrumpió la conversación. Las ventanas vibraron y María sintió un escalofrío recorrer su espalda. Ramírez miró hacia la puerta con pánico en los ojos. "Nos han encontrado."

Un grupo de hombres vestidos de negro irrumpió en la casa, armados y listos para atacar. "¡Corre!" gritó Ramírez, empujando a María hacia una puerta trasera.

La reportera corrió a través de la casa, sosteniendo el cuaderno contra su pecho. Sabía que no podía dejar que capturaran a Ramírez ni perder la información crucial que tenía en sus manos. Salió al jardín trasero y se lanzó sobre la cerca, aterrizando pesadamente en el otro lado. Sin detenerse, corrió hacia la playa, donde el sonido de las olas chocando contra la orilla la tranquilizó momentáneamente.

Detrás de ella, los gritos y el sonido de los disparos llenaron el aire. Las balas cortaban el aire como zumbidos mortales, impactando contra las paredes y levantando esquirlas del suelo. El Dr. Ramírez, consciente del peligro, se había lanzado a la línea de fuego, su figura tambaleándose mientras intentaba mantener a raya a sus atacantes. Sabía que su tiempo era limitado y había sacrificado su seguridad por ella.

María corrió hacia la salida, el cuaderno apretado contra su pecho y la adrenalina bombeando en sus venas. Los disparos se intensificaron, las balas rebotaban en el metal y el concreto, y la tensión en el aire era palpable. De repente, una explosión resonó detrás de ella con una fuerza ensordecedora, haciendo temblar el suelo bajo sus pies. Un destello de luz y una onda expansiva la lanzaron hacia adelante, cayendo sobre el pavimento áspero.

Se levantó rápidamente, sacudiendo el polvo y los escombros de su ropa. El aire estaba cargado de humo y el olor acre de la pólvora quemada. Sus oídos zumbaban, pero no podía detenerse. Sabía que el sacrificio del Dr. Ramírez no podía ser en vano. Con una determinación renovada en su corazón, se prometió a sí misma que desenmascararía la verdad, sin importar el costo.

En medio del caos, María vislumbró a través del humo y el fuego el rostro decidido del Dr. Ramírez, quien, a pesar de su herida, seguía disparando para darle tiempo. La visión la llenó de una mezcla de tristeza y resolución. No podía permitirse fallar ahora.

Una segunda explosión sacudió el entorno, lanzando una lluvia de escombros en todas direcciones. María se lanzó a cubrirse detrás de un coche abandonado, sintiendo el calor abrasador de las llamas a su espalda. Con los latidos de su corazón resonando en sus oídos, se obligó a respirar hondo y a mantener la calma.

Finalmente, vio una brecha entre las sombras y las llamas. Corrió hacia ella con todas sus fuerzas, sintiendo cada músculo tensarse con el esfuerzo. Detrás de ella, los gritos se desvanecían, reemplazados por el rugido de las llamas y el crujir de los escombros.

Capítulo 4:
En las Sombras de la Verdad

María corrió hasta que sus pulmones ardieron y sus piernas amenazaron con fallar. Las llamas y el humo de la casa del Dr. Ramírez se desvanecieron en la distancia, dejando solo la oscuridad y el sonido rítmico de las olas. Cuando finalmente se detuvo, se encontró en una pequeña cueva, una formación natural que había sido esculpida por el mar a lo largo de los años. Se dejó caer en la arena húmeda, tomando aliento y tratando de calmar su mente acelerada.

El cuaderno del Dr. Ramírez estaba apretado contra su pecho. Sabía que tenía que protegerlo a toda costa; contenía la clave para desenmascarar la conspiración. Encendió una linterna y comenzó a leer las páginas con cuidado. Estaban llenas de diagramas, nombres y fechas, cada uno más inquietante que el anterior.

Uno de los nombres se destacó: Alejandro Valdés, un magnate de la tecnología conocido por su influencia en el desarrollo de innovaciones disruptivas. Según las notas de Ramírez, Valdés había estado financiando el proyecto de invisibilidad en secreto y tenía intereses personales en su éxito. Las implicaciones eran claras: Valdés no solo buscaba control sino también poder absoluto.

Con renovada determinación, María decidió que debía volver a la ciudad. Necesitaba confrontar a Valdés y exponer sus intenciones al mundo. Pero sabía que no podía hacerlo sola. Necesitaba aliados, personas en las que pudiera confiar.

De vuelta en la ciudad, María se dirigió directamente al apartamento de Javier. La urgencia en su andar era palpable; los eventos recientes habían dejado una huella profunda en ella. Al llegar, golpeó la puerta con firmeza. Javier, conocido por su calma imperturbable, abrió la puerta con una expresión de sorpresa que rápidamente se transformó en preocupación al ver el estado de María.

"¿Qué pasó?" preguntó, dejando que ella entrara con un gesto de la mano.

María respiró hondo, aún recuperándose del caos de la noche anterior.

"Nos atacaron," dijo entre jadeos, su voz teñida de determinación. "Necesito tu ayuda. Tenemos que detener a Alejandro Valdés."

Javier asintió lentamente, su semblante volviéndose serio mientras cerraba la puerta detrás de ella.

"Cuéntame todo," respondió, sentándose en la mesa del comedor, donde una luz tenue iluminaba los restos de una cena sin terminar.

María se tomó un momento para reunir sus pensamientos antes de comenzar a relatar los eventos de la noche, desde su inquietante encuentro con el Dr. Ramírez hasta el brutal ataque en la casa. Javier escuchó en silencio, con los codos apoyados en la mesa y las manos entrelazadas frente a su rostro, una postura que tomaba cuando estaba procesando información crítica. Sus ojos se mantenían fijos en un punto indeterminado, como si cada palabra de María se transformara en un hilo que tejía en una compleja red de deducciones.

"Interesante," murmuró cuando ella terminó, su tono más un reflejo de su intensa concentración que de asombro. "Esto confirma mis sospechas sobre conspiraciones. Pero necesito más."

Se levantó y comenzó a reunir su equipo, moviéndose con una precisión mecánica. María lo observaba, reconociendo en él la mente analítica que siempre había admirado. Javier no era de los que tomaban decisiones apresuradas; cada movimiento era calculado, cada acción pensada hasta el más mínimo detalle.

"Voy a necesitar acceso a la red privada de Valdés," dijo mientras encendía sus computadoras, los reflejos de las pantallas iluminando sus ojos enfocados. "Será arriesgado, pero puedo hacerlo."

La red privada de Valdés no era cualquier sistema. Era un entramado de seguridad diseñado para ser impenetrable. Pero Javier no era cualquier hacker; él se especializaba en lo imposible.

"Primero," dijo, mientras sus dedos volaban sobre el teclado, "necesito verificar algo."

Se conectó a la red infinita, esa vasta base de datos que recopilaba información de todas partes del mundo. Una herramienta que, en manos de alguien como Javier, se convertía en un mapa del conocimiento global. La lista de personas llamadas Alejandro Valdés era larga; cientos de nombres aparecieron en la pantalla. Javier los escaneó, descartando aquellos sin relevancia, eliminando opciones con una velocidad que hablaba de su experiencia.

"Hay muchos Alejandro Valdés," dijo, más para sí mismo que para María. "La coincidencia de nombres es común. Pero..."

Sus dedos se detuvieron, la pantalla mostraba una ficha en particular. Javier la abrió, leyendo cada línea de texto con atención.

"Aquí está," dijo, señalando la pantalla para que María se acercara.

La imagen mostraba a un hombre en sus cuarenta, con el cabello oscuro y peinado hacia atrás. Tenía una mirada fría y calculadora, y su historial era igual de imponente.

"Alejandro Valdés, 42 años," leyó Javier en voz alta. "Magnate empresarial con base en Colombia. Se especializa en finanzas y tecnología. Dueño de múltiples empresas que operan bajo la fachada de negocios legítimos, pero que son conocidos por estar implicados en actividades ilícitas, incluyendo la financiación de proyectos gubernamentales encubiertos. Tiene conexiones profundas con figuras políticas y es sospechoso de tráfico de influencias, entre otros crímenes."

Javier hizo una pausa, dejando que la información penetrara. El aire en la habitación se volvía cada vez más denso, como si el mismo Valdés estuviera observándolos desde la distancia.

"Este hombre no es solo un empresario, María," continuó Javier, su tono más bajo, casi como un susurro. "Es un titiritero en las sombras, alguien que mueve los hilos a niveles que apenas comenzamos a entender. Y si está detrás de lo que le hicieron a Ramírez y a ti, entonces estamos lidiando con algo mucho más grande de lo que pensábamos."

María sintió un nudo formarse en su estómago. La gravedad de la situación era abrumadora, pero también le daba una claridad feroz. Sabía que este era solo el comienzo.

"Tenemos que actuar rápido," dijo, y Javier asintió.

"Lo haremos," respondió él, sin levantar la vista del monitor, donde las líneas de código comenzaban a desplegarse como un lenguaje arcano, un medio para penetrar la fortaleza digital de Valdés. "Pero debemos ser cuidadosos. Una vez que entremos en su red, estaremos en su radar. No habrá margen para el error."

El silencio cayó sobre ellos nuevamente, pero esta vez estaba cargado de una tensión que parecía electrificar el aire. Sabían que cada segundo contaba, y que un solo paso en falso podría llevarlos al desastre. Pero ninguno de los dos estaba dispuesto a retroceder.

En la habitación apenas iluminada, los monitores de Javier proyectaban una luz azulada sobre su rostro mientras sus dedos volaban sobre el teclado. María, sentada a su lado, revisaba el cuaderno con el ceño fruncido, repasando una y otra vez las anotaciones garabateadas en las páginas amarillentas. De repente, una entrada en particular llamó su atención: una reunión secreta en un club exclusivo del centro de la ciudad.

"Javier," dijo María, rompiendo el silencio tenso, "he encontrado algo." Le señaló la entrada en el cuaderno, sus ojos llenos de determinación. "Este club... Valdés se reúne allí con otros magnates. Necesito entrar."

Javier dejó de teclear y la miró fijamente, su expresión mostrando tanto preocupación como cálculo. "¿Estás segura? Este tipo de lugares no son seguros para nadie, mucho menos para alguien que podría estar en su radar."

María apretó los labios, su mirada no vacilaba. "Si Valdés está allí, podría obtener la información que necesitamos para detener todo esto antes de que sea demasiado tarde."

Javier suspiró y volvió su atención a la pantalla. "Dame un momento. Veré qué puedo encontrar sobre ese club."

Mientras María observaba, Javier comenzó a buscar en su red privada. Sus movimientos eran metódicos, casi calculadores. Minutos más tarde, un archivo apareció en la pantalla. Contenía detalles sobre el club: la dirección, la lista de miembros exclusivos, y algo que hizo que Javier frunciera el ceño—, un patrón de reuniones regulares que involucraban a figuras importantes, incluyendo a Valdés.

"Lo tengo," dijo Javier, su voz teñida de preocupación. "Este club... es mucho más que un lugar de encuentro. Hay rumores sobre actividades ilegales, posiblemente tráfico de influencias y... algo más oscuro."

María lo miró, esperando a que continuara.

"Algunos informes sugieren que el club facilita ciertos 'servicios' a sus miembros más influyentes, incluyendo a Valdés. Servicios que implican mujeres que podrían estar allí contra su voluntad."

María sintió una mezcla de repulsión y urgencia. "Entonces es allí donde debo estar. Si descubro lo que están haciendo, podremos derribarlos."

"María, piénsalo bien," advirtió Javier, con el tono grave. "Si entras en ese lugar, no habrá vuelta atrás. Es arriesgado, y ellos no dudarán en eliminar a quien sea si sienten que están en peligro."

María asintió lentamente, sus ojos reflejaban la misma resolución que había tenido desde que empezó todo esto. "Lo sé. Pero alguien tiene que hacerlo."

Javier se quedó en silencio un momento antes de dar un leve asentimiento. "Está bien, te ayudaré a prepararte. Pero prometo que no estarás sola. Vigilaré cada movimiento, y si algo sale mal, intervendré."

El plan perfecto

Mientras Javier seguía trabajando en su computadora, María se levantó del asiento, su mente ya enfocada en lo que vendría. Se paseó por la habitación, observando el desorden controlado de cables, monitores y herramientas que componían el santuario de Javier. Sin embargo, algo la inquietaba: no tenía idea de cómo podría infiltrarse en ese club sin llamar la atención. Necesitaba un disfraz, algo que la hiciera pasar desapercibida en un lugar tan exclusivo.

"Javier," dijo, rompiendo el silencio, "¿tienes alguna idea de dónde podría conseguir un vestido y una peluca? No creo que tengas algo así por aquí, ¿o sí?"

Javier dejó de teclear y la miró con una leve sonrisa, como si acabara de resolver un enigma. "De hecho, sé exactamente a quién podemos recurrir." Se levantó de su silla y se dirigió a un rincón de la habitación donde tenía un teléfono móvil oculto entre una pila de libros. Marcó un número y esperó.

Minutos más tarde, la puerta del apartamento se abrió, y una figura apareció en la entrada. Era una joven de cabello corto y oscuro, con un aura de misterio a su alrededor. Llevaba una mochila grande colgada de un hombro y una sonrisa cómplice en el rostro.

"María, te presento a Verónica," dijo Javier, haciendo un gesto hacia la joven. "Es una vieja amiga que tiene talento para los disfraces y todo lo que implica infiltrarse en lugares donde no deberíamos estar."

Verónica saludó con un gesto y dejó la mochila sobre la mesa. "Javier me explicó la situación. Tengo justo lo que necesitas." Abrió la mochila y sacó un vestido negro elegante, ceñido al cuerpo, y una peluca rubia corta que, al ser colocada sobre la cabeza de María, transformó completamente su apariencia.

"Esto te ayudará a pasar desapercibida," dijo Verónica mientras ajustaba la peluca. "El vestido es de una de mis colecciones de trabajos anteriores. No preguntes de dónde salió," añadió con una sonrisa pícara. "Confía en mí, nadie sospechará de ti."

María asintió, sintiendo una extraña mezcla de nervios y determinación. Se cambió rápidamente en el baño contiguo, y cuando salió, el reflejo en el espejo casi no le parecía familiar. Se veía como alguien completamente diferente, alguien que podría caminar entre las sombras de ese club sin ser detectada.

"¿Qué tal?" preguntó María, girándose para que ambos pudieran verla.

Javier la observó por un momento, asintiendo con aprobación. "Te ves perfecta. Nadie sabrá quién eres realmente. Pero recuerda, esto es solo una máscara. Debes mantener la cabeza fría en todo momento."

María respiró hondo, sintiendo cómo su corazón se aceleraba. "Nos veremos en el otro lado," murmuró, más para sí misma que para los demás, mientras ajustaba los últimos detalles del disfraz. Estaba lista para enfrentar lo que viniera, sabiendo que cada paso que daba la acercaba más a desentrañar los secretos oscuros de Valdés.

Esa noche en el club

Esa noche en el club, María se encontró caminando por las calles bulliciosas de la ciudad, donde el neón parpadeante iluminaba el rostro de la noche y las risas entremezcladas con el claxon de los autos llenaban el aire. El club se erguía como un santuario de los poderosos, una fachada discreta que ocultaba el hedonismo y la corrupción que se cocinaban en su interior. La entrada, flanqueada por dos guardias de traje oscuro, era solo el primer umbral hacia un mundo donde las reglas eran distintas, dictadas por aquellos que ostentaban el poder verdadero.

Al cruzar el umbral, el contraste con el exterior era palpable. Una música suave, casi imperceptible bajo el murmullo de las conversaciones, envolvía el lugar. Las paredes estaban revestidas de terciopelo rojo, con candelabros dorados que lanzaban destellos cálidos sobre los rostros de los asistentes, rostros que eran familiares en los titulares de las revistas financieras, pero que aquí mostraban una máscara distinta. Los hombres, de impecables trajes oscuros y corbatas perfectamente anudadas, irradiaban autoridad y confianza, sus gestos calculados y sus palabras medidas al milímetro.

Las mujeres que los acompañaban eran de una belleza casi irreal, vestidas con atuendos que parecían diseñados para deslumbrar y seducir. Se sentaban en los regazos de estos magnates, riendo coquetamente por cada comentario susurrado al oído. Su presencia era un recordatorio de lo fácil que era comprar compañía en un mundo donde todo tenía un precio.

María, a pesar de su intento de mantener un perfil bajo, no pasó desapercibida. Su vestido, aunque elegante, no tenía la ostentación de los que la rodeaban, pero lo portaba con una gracia natural que le confería una presencia magnética. Cada paso que daba con sus tacones resonaba en el suelo de mármol, atrayendo miradas furtivas de hombres que, por un breve instante, se apartaban de sus conversaciones para observarla. Ella, consciente de estas miradas, mantuvo su compostura, utilizando esa atención a su favor sin dejar que la distrajera de su misión.

Finalmente, divisó a Valdés, sentado en un reservado apartado, rodeado de hombres que se inclinaban hacia él con evidente respeto, y mujeres que, aunque sonrientes, mantenían una distancia cautelosa, como si supieran que cualquier mal paso podía ser fatal. El propio Valdés emanaba un aire de control absoluto. Su traje estaba impecablemente cortado, su cabello peinado hacia atrás con una precisión casi militar, y sus ojos reflejaban la fría determinación de alguien acostumbrado a obtener lo que quería.

Mientras los magnates alzaban sus copas en un brindis, el sonido de las risas y los murmullos llenaba el ambiente. María observó cómo Valdés, rodeado de mujeres que parecían dispuestas a todo para ganar su atención, se mostraba distraído, dejando su típica actitud calculadora a un lado. Era el momento perfecto.

Con un movimiento sigiloso, María se deslizó por el borde de la sala, asegurándose de no llamar la atención. Todos los ojos estaban puestos en el brindis y en la figura carismática de Valdés, lo cual jugaba a su favor. Avanzó hacia un pasillo lateral que la había intrigado desde que llegó al club: una puerta semioculta con un leve desgaste en la manija, lo que sugería que era usada con frecuencia. Parecía ser el acceso a una oficina privada, y según la información que había recopilado, era justo el lugar donde Valdés solía reunirse cada vez que visitaba la ciudad.

El corazón de María palpitaba con fuerza, pero su determinación era aún mayor. Miró una última vez hacia el salón, asegurándose de que nadie la observaba, y giró la manija con suavidad. La puerta cedió sin resistencia. Una vez dentro, cerró tras de sí con cuidado, sumergiéndose en la penumbra de la habitación.

La oficina era sobria, decorada con muebles oscuros y elegantes. Sobre el escritorio se encontraban papeles desordenados, un par de carpetas y una laptop cerrada. A lo largo de las paredes, estantes con libros y algunas botellas de licor completaban el escenario. María sabía que no tenía mucho tiempo; tenía que ser rápida y efectiva.

Comenzó a revisar los documentos con manos ágiles. La mayoría parecían informes financieros o contratos que no le decían nada relevante. Pero entre esas hojas, algo llamó su atención: una carpeta desgastada, más antigua que el resto, con un sello gubernamental casi borrado. Al abrirla, encontró un conjunto de archivos etiquetados como "Confidencial". Al pasar las páginas, leyó palabras como "Invisibles Defectuosos", "Proyecto Sombra" y "Anomalías Experimentales". Un escalofrío recorrió su espalda. Estos documentos no solo confirmaban la existencia de los Invisibles Oscuros, sino que también hacían referencia a una serie de experimentos fallidos que parecían aún más perturbadores.

Había descripciones de pruebas donde los sujetos, personas seleccionadas entre los más vulnerables de la sociedad, eran sometidos a radiaciones extremas y manipulaciones genéticas. María leyó sobre los efectos desastrosos en algunos individuos que habían sido catalogados como defectuosos: seres inestables, fragmentados entre lo visible y lo invisible, condenados a una vida de sufrimiento y locura. Esto explicaba la diferencia entre los Invisibles Oscuros, quienes habían logrado perfeccionar la técnica, y estos desafortunados.

Comprendió que los Invisibles fueron divididos en dos grupos tras los experimentos: los Oscuros, quienes conservaban su humanidad y eran utilizados por Valdés; y los Defectuosos, aquellos deformados y descartados, condenados a vivir en la miseria y el miedo. Ese archivo no solo le abrió los ojos, sino que también le confirmó que Valdés estaba dispuesto a utilizar cualquier recurso para alcanzar su meta, incluso a costa de vidas humanas.

No había tiempo para procesarlo todo. Escuchó ruidos en el pasillo y supo que debía salir antes de ser descubierta. Guardó su teléfono con las fotos que había tomado de las páginas más relevantes, dejó la carpeta en su lugar, y salió de la oficina de la misma forma en la que había entrado: sin dejar rastro.

Con su corazón aún acelerado, volvió al salón principal justo a tiempo para ver a Valdés apartarse de su grupo y dirigirse hacia una zona más privada. Ella Se mezcló con la multitud, deslizándose hacia una posición cercana desde donde podía escuchar la conversación sin ser vista.

María lo siguió discretamente, manteniéndose en las sombras hasta que lo vio detenerse en un rincón apartado del club, donde las luces apenas llegaban. Se escondió detrás de una columna, sacó su teléfono y comenzó a grabar.

"Sí, todo está listo," decía Valdés, su voz baja pero clara en el dispositivo de María. "El Dr. Ramírez ya no es un problema. Nos aseguraremos de que nadie más se interponga en nuestro camino. Todo salió de acuerdo al plan."

María contuvo la respiración, sabiendo que lo que estaba por escuchar podría ser crucial. Valdés hizo una pausa, como si estuviera calibrando sus próximas palabras. Cuando continuó, su tono era más grave, cargado de una fría ambición. "Entiende esto, no se trata solo de controlar a los Invisibles. Se trata de utilizar su tecnología y habilidades para algo mucho más grande. Imagina tener el poder de la invisibilidad al servicio de nuestra causa: vigilancia sin ser vistos, espionaje sin ser detectados, manipulación social a una escala que nunca antes se ha visto."

Cada palabra caía como una losa sobre María, que ahora comprendía la magnitud del plan de Valdés. No era solo la ambición de un hombre buscando poder; era la creación de un nuevo orden mundial, uno en el que las reglas serían escritas por aquellos que se movieran en las sombras, invisibles a los ojos del común.

Valdés hizo una pausa, como si quisiera asegurarse de que sus palabras calaran hondo en su interlocutor. "Esta tecnología no solo nos permitirá dominar a los Invisibles, sino que nos dará un control absoluto sobre el mundo visible. La gente común no tendrá idea de lo que está ocurriendo a su alrededor, mientras nosotros dirigimos sus destinos desde las sombras."

María sintió que el aire se volvía más denso, como si el peso de lo que acababa de descubrir le presionara el pecho. La misión de detener a Valdés se había vuelto aún más urgente. Con cuidado, se retiró de su escondite, asegurándose de que la grabación estuviera intacta. Luego ajustó su peluca y enderezó los hombros, mascando el chicle que Javier le había dado antes. Con cada paso en sus tacones, su determinación se afianzaba.

Las motivaciones de Valdés estaban claras, y la amenaza que representaba era aún mayor de lo que había temido, Pronto comprendió que necesitaba salir de allí lo antes posible sin ser detectada. Comenzó a retroceder lentamente, pero entonces una mano firme la agarró del brazo.

"¿Qué haces aquí?" demandó una voz masculina. María se giró para encontrarse con uno de los guardaespaldas de Valdés.

"No es asunto tuyo," respondió, tratando de sonar segura. Pero el guardaespaldas no se dejó engañar. La arrastró hacia una habitación privada, donde Valdés la esperaba, su rostro torcido en una sonrisa sardónica.

"Vaya, vaya... ¿qué tenemos aquí?" Valdés pronunció cada palabra con una cadencia casi teatral, como si disfrutara prolongando el momento. Sus ojos, fríos y calculadores, la escudriñaban con una mezcla de desdén y diversión. "Por tu astuta manera de actuar, imagino que eres una pequeña reportera curiosa. Me pregunto... ¿cuánto has escuchado?"

María sintió que el peso de la mirada de Valdés intentaba quebrarla, pero su resolución se mantuvo firme. Apretó los labios, manteniendo la calma mientras su mente repasaba posibles salidas. "Lo suficiente para saber que estás jugando con fuerzas que ni siquiera tú puedes controlar. Y lo suficiente para detenerte."

Una sonrisa lenta y peligrosa se dibujó en los labios de Valdés. Dio un paso hacia ella, con la seguridad de un depredador que sabe que su presa no tiene escapatoria. "¿Detenerme?" Su risa fue suave, casi como un murmullo. "Oh, querida, la historia ha demostrado que aquellos que intentan detener lo inevitable sólo se consumen en su propia insignificancia. Como dijo Nietzsche, 'El hombre es una cuerda tendida entre la bestia y el superhombre... una cuerda sobre un abismo'. Y yo... soy el que camina ese abismo, mientras otros caen al vacío."

María no desvió la mirada. Sabía que estaba frente a alguien cuyo ego rivalizaba con su ambición, pero también percibía la oscura brillantez detrás de sus palabras. "Las cuerdas se rompen," replicó, buscando cualquier grieta en su arrogancia. "Y cuando caes, Valdés, no hay nadie para salvarte."

Valdés rio de nuevo, esta vez con una nota más sombría, como si la idea misma de la derrota fuera un chiste privado entre él y el destino. "¿Salvarme? Mujercita tonta, te diré un secreto: no busco ser salvado, busco trascender. La tecnología de los Invisibles no es un fin en sí mismo, es el medio para forjar el siguiente paso en la evolución. 'Los que ven sólo la superficie del mar nunca comprenden su profundidad', escribió Pessoa. Y tú, mi querida, sólo estás arañando la superficie."

Valdés se inclinó un poco más, su presencia envolviendo la habitación como una sombra que devora la luz. "Sabes lo que más me gusta de esta situación, reportera... Es ver la lucha en tus ojos. Esa chispa de desafío que, como todo en la vida, se apagará. Pero antes de eso, te daré el privilegio de observar lo que se siente ser verdaderamente impotente... y fascinada por lo imposible."

María tragó en seco, sintiendo que, por un instante, el mundo entero pendía de un hilo. Sin embargo, su voz no tembló cuando replicó: "Subestimas la fuerza de una persona con una causa, Valdés. Incluso el abismo te devolverá la mirada si insistes en escupir en su cara." Los ojos de Valdés brillaron con un destello que oscilaba entre la admiración y la amenaza. "Bravo... no esperaba menos de ti. Pero recuerda, las causas son para los idealistas, los soñadores, los que terminan enterrados en tumbas sin nombre. Yo, en cambio, estoy destinado a escribir el epitafio de esta civilización."

Antes de que Valdés pudiera dar otra orden, María decidió tomar un enfoque audaz y provocador. Miró rápidamente a su alrededor y, en un movimiento sorprendente, comenzó a jadear y hacer sonidos como si estuviera teniendo sexo.

"Ah... ah... mmmm, qué delicioso," susurró María, su voz ronca y cargada de insinuación. "Me siento completamente húmeda. Ayyy, mmmmm... estar entre el peligro y machos sementales atléticos y corpulentos me excita."

María deslizó sus manos por su cuerpo, moviendo la cintura de manera provocadora, adelante y hacia atrás, mientras sus ojos se encontraban con los de los guardaespaldas. Las miradas desconcertadas y la baja de guardia fueron instantáneas. Ella los sorprendió todavía más cuando lentamente se fue quitando el bikini blanco que llevaba bajo su negro vestido de picos. Su atrevimiento fue tal, que le pasó la ropa interior por la nariz al más alto de ellos. Acto que no pasó desapercibido en las portañuelas de sus varoniles pantalones con el fierro bien duro de los caballeros.

Aprovechando la confusión, María avanzó hacia Valdés con una mirada seductora. "¿Sabes, Valdés?" susurró, acercándose aún más, "siempre he pensado que hay algo... electrizante en todo esto."

Valdés, sorprendido por el repentino cambio de actitud de María, se quedó paralizado. María aprovechó el momento para deslizar su mano sobre su pantalón, agarrándole el pene por encima de la tela. "¿No te parece excitante?" murmuró, acercándose aún más.

Los guardaespaldas, acostumbrados a la violencia y la intimidación, no sabían cómo reaccionar ante una mujer que usaba su sensualidad como arma. Las miradas de desconcierto y deseo se cruzaron entre ellos.

María, sintiendo el poder que tenía en ese momento, por segunda vez hizo un movimiento lento y deliberado, deslizando su mano por su propio cuerpo antes de volver a agarrar el pene de Valdés por encima de la tela de su pantalón. Valdés jadeó, incapaz de ocultar su sorpresa y excitación.

"¿No te parece excitante?" murmuró María, acercándose aún más. Sus palabras, cargadas de insinuación, resonaron en el aire, nublando los pensamientos de los hombres. Los guardaespaldas, aturdidos por la mezcla de peligro y deseo, bajaron la guardia, incapaces de resistirse a la mujer que, a su merced, estaba controlando la situación con movimientos hipnóticos de su cuerpo.

María sabía que tenía que actuar rápido. La tensión en el aire era palpable, y cada segundo contaba. Los guardaespaldas de Valdés la observaban con ojos desconcertados, atrapados entre la atracción por la escena que María acababa de crear y la confusión por la súbita violencia. Pero María no dudó.

Con un movimiento rápido y decidido, agarró el cuaderno de Ramírez, que había escondido en su bolso, y lo estampó contra el rostro de Valdés con una fuerza que resonó en la habitación. El impacto hizo que Valdés retrocediera, tambaleándose. Sus guardaespaldas, sorprendidos por la audacia de María, tardaron un instante en reaccionar, y ese breve momento fue suficiente para que ella diera el siguiente paso.

María escaneó la habitación con la mirada, buscando algo que pudiera utilizar. Sus ojos se posaron en una botella de champán sobre una mesa cercana. Con una precisión fría y calculada, la agarró y la estrelló contra el suelo, enviando una lluvia de cristales brillantes por todas partes. El estruendo fue ensordecedor, rompiendo el hechizo de seducción que había tejido segundos antes.

El caos estalló. Los guardaespaldas, ahora sacudidos por la confusión y el sonido, intentaron reponerse, pero María ya estaba en movimiento. Sus tacones resonaron como disparos en el suelo mientras zigzagueaba entre las mesas del club, sorteando a los clientes que apenas comenzaban a comprender lo que estaba ocurriendo. Su mente, afilada por la adrenalina, planeaba cada paso con precisión milimétrica.

Cuando vio a un grupo de hombres jóvenes cerca de la entrada, supo que era su oportunidad. Corrió hacia ellos, su rostro una máscara de pánico cuidadosamente diseñada. "¡Ayuda!" gritó, su voz rasgando el aire con una mezcla de miedo y urgencia genuina. "¡Me están siguiendo!"

Los hombres, aún embriagados por la atmósfera del club y la presencia imponente de María, no dudaron. Sin pensar demasiado, formaron una barrera humana entre ella y los guardaespaldas, quienes se detuvieron, desorientados por el súbito cambio de circunstancias. María se deslizó entre ellos con una destreza que habría hecho que cualquier ladrón de guante blanco envidiara su habilidad.

Una vez fuera del club, el aire fresco la golpeó como un balde de agua helada, pero no se permitió descansar. Sabía que no estaba a salvo aún. Corrió, sus pasos rápidos y precisos, sus sentidos agudizados al máximo mientras las luces de neón parpadeaban sobre su cabeza. Las calles estaban llenas de vida nocturna, pero para María, todo se desvanecía en un borrón de colores y formas mientras buscaba una salida.

Al doblar una esquina, divisó una tienda de ropa. Sin pensarlo dos veces, entró apresurada, casi derribando la puerta de cristal en su prisa. El dependiente la miró sorprendido, pero María no perdió el tiempo con explicaciones. Agarró un vestido rojo ajustado y unos tacones altos, y se dirigió al probador del fondo con la velocidad de una profesional. Se cambió en cuestión de segundos, su mente funcionando a toda máquina mientras consideraba cada detalle. Dejó el dinero en el mostrador antes de que el atónito vendedor pudiera reaccionar.

Transformada, María salió de la tienda como una mujer nueva. Su vestido rojo, brillante y llamativo, era un contraste marcado con la imagen que había proyectado momentos antes. Caminó con la confianza y la gracia de alguien que pertenecía a ese mundo, consciente de cada mirada que la seguía. Pero eran miradas de admiración, no de sospecha.

Observó de reojo cómo los guardaespaldas de Valdés corrían por la calle, su atención completamente enfocada en la búsqueda de una mujer que ya no existía. María esbozó una sonrisa, sabiendo que había ganado esta batalla.

Al llegar a la esquina, vio un taxi acercarse. Lo detuvo con un movimiento elegante, y sin perder tiempo, se deslizó en el asiento trasero. Dio la dirección del apartamento de Javier con una voz calmada y segura, su corazón finalmente comenzando a desacelerar mientras el taxi se alejaba de la escena.

Mientras observaba las luces de la ciudad pasar por la ventana, María se permitió un respiro profundo. Había logrado escapar, había enfrentado a Valdés cara a cara, y había salido victoriosa. Pero sabía que la batalla estaba lejos de terminar. Aún quedaban muchas piezas por descubrir, muchos peligros por enfrentar. Y con cada desafío, su determinación se hacía más fuerte.

Mientras tanto, en el club

La puerta se cerró de golpe, dejando a Valdés solo en la habitación. El eco de los pasos apresurados de los guardaespaldas aún resonaba en el pasillo. Un silencio cargado de tensión envolvía la estancia, interrumpido únicamente por su respiración pesada. Estaba furioso, pero esa furia se mezclaba con algo más: una confusión incómoda y una excitación latente que no podía negar.

Valdés cerró los ojos por un momento, intentando ordenar sus pensamientos. El rostro de María, con esa sonrisa enigmática y esos movimientos calculados, se le aparecía una y otra vez en su mente. No solo se había burlado de él, sino que había logrado escapar después de haberle tocado en lo más profundo de su ego y, peor aún, en su deseo. Era inadmisible.

Se giró hacia sus hombres, que todavía aguardaban en tensión, temerosos de su reacción. "¡Inútiles!" rugió con una mezcla de frustración y vergüenza. "¡La dejaron escapar! Quiero que la encuentren, que la busquen hasta debajo de las piedras. ¡Y cuando la encuentren, mátenla! No me importa cómo lo hagan, solo quiero verla muerta."

Los guardaespaldas asintieron rápidamente y se apresuraron a salir, deseosos de evitar más reproches. Valdés, aún con la mirada perdida en la puerta, apretó los puños con fuerza. El control, la superioridad que siempre había tenido sobre las situaciones, parecía haberle sido arrebatada en un instante por esa mujer.

De pronto, una figura apareció en el umbral: una mujer del club, una de esas que siempre estaba dispuesta a complacer sin hacer preguntas. Con una sonrisa coqueta, se acercó a él, ajena a la tormenta que se desataba en su interior. "¿Todo bien, jefe?" preguntó en tono seductor, esperando ser la válvula de escape para su tensión.

Valdés la miró con una mezcla de frialdad y necesidad contenida. "No, no está todo bien. Tengo un problema, y tú vas a resolverlo... ahora mismo," le dijo con un tono que no dejaba lugar a dudas.

En un movimiento brusco, la tomó por la cintura y, sin delicadeza, arrancó la prenda que ella llevaba. El deseo que María había dejado encendido en él necesitaba ser apagado, y en ese instante, la mujer era solo un medio para canalizarlo. La escena se volvió cruda, casi desesperada, pero sin perder la oscuridad calculada que caracterizaba a Valdés. Mientras se quitaba la camisa y liberaba su deseo, su mente aún vagaba en la imagen de María, en la manera en que lo había desafiado y dejado en un estado que aborrecía.

En cuestión de minutos, todo había terminado. Valdés se apartó bruscamente, como si quisiera desprenderse de la sensación que todavía lo dominaba. La mujer, ahora con una expresión de sumisión complacida, no dijo nada. Sabía que no debía esperar palabras dulces ni explicaciones.

Valdés se quedó en silencio, mirando el techo con una mezcla de satisfacción momentánea y desdén hacia sí mismo. Sabía que esto no era más que un alivio temporal. La verdadera victoria no se lograría hasta que María estuviera fuera de su camino, para siempre. Porque ella había apuñalado su ego, y porque había escuchado demasiado acerca de los invisibles y los planes que él tenía para llevarlos a cabo.

En el apartamento de Javier

María llegó al apartamento de Javier con el corazón aún latiendo desbocado por el torrente de emociones que acababa de vivir. Golpeó la puerta con urgencia, sus nudillos temblando mientras trataba de controlar la excitación que aún corría por su cuerpo. No era solo el peligro, sino la mezcla vertiginosa de deseo y adrenalina que había experimentado en el club lo que la mantenía en ese estado de intensa agitación.

La puerta se abrió, y Javier apareció ante ella, su preocupación evidente en sus ojos oscuros. Sin decir una palabra, la abrazó con fuerza, como si al hacerlo pudiera borrar todo el riesgo que había enfrentado. María sintió su calor, el roce de su piel húmeda contra la suya, y su propio cuerpo respondió instantáneamente. El aroma del jabón fresco se mezclaba con el suyo, una combinación que despertó algo profundo y primitivo dentro de ella.

Javier acababa de salir de la regadera, su cabello aún mojado y su torso desnudo goteando ligeramente. Una simple toalla atada a su cintura apenas cubría su cuerpo esculpido, lo que hizo que María sintiera un deseo intenso, casi abrumador. El agua que aún caía de su piel seguía su camino por su abdomen, y María no pudo evitar seguir las gotas con la mirada, su imaginación llenando los espacios entre sus pensamientos y su cuerpo ardiendo con la necesidad de tocarlo.

"María..." susurró Javier, su voz ronca y cargada de una mezcla de preocupación y deseo. No tuvo tiempo de decir más antes de que María, impulsada por una fuerza que apenas entendía, acortara la distancia entre ellos. Sus labios buscaron los de él con una urgencia casi desesperada, pero justo cuando estaban a punto de encontrarse, algo la detuvo.

Un pensamiento fugaz de Alex cruzó su mente, un chico con quien había sentido una conexión inexplicable, a pesar de que apenas lo conocía. La razón, hasta entonces eclipsada por la pasión, volvió a imponerse, y María se apartó ligeramente, respirando con dificultad. El deseo aún palpitaba en su interior, pero algo en su alma la frenó. Javier la miró, su respiración también agitada, sin comprender el súbito cambio. Su cuerpo, que había estado tenso y listo para fundirse con el de ella, se relajó lentamente. La decepción y la confusión se reflejaron en su rostro, pero no dijo nada.

"Lo logré," jadeó María, apartándose un poco más mientras trataba de recuperar la compostura. "Tengo la grabación. Tenemos lo que necesitamos para exponer a Valdés."

Javier asintió, admirando su determinación a pesar de la intensidad del momento que acababan de compartir. La preocupación se mezclaba con un respeto profundo por la mujer que tenía frente a él. "Bien hecho, María. Pero esto es solo el comienzo. Ahora tenemos que asegurarnos de que el mundo escuche la verdad."

María, aún sintiendo el calor del momento interrumpido, asintió con determinación. Sabía que la lucha no había terminado, pero en ese momento, mientras sentía la presencia reconfortante de Javier a su lado, se permitió un breve respiro. Con la grabación en mano y el cuaderno de Ramírez como prueba, estaban más cerca que nunca de desenmascarar la conspiración que amenazaba con destruirlos. Pero entre ellos, la tensión no desaparecía, quedando como una llama latente, lista para encenderse de nuevo.

Capítulo 5:
Revelaciones y Sacrificios

E l apartamento de Javier, iluminado por la luz parpadeante de múltiples pantallas, se sentía como un refugio clandestino donde la tecnología se entrelazaba con la urgencia de su misión. Cables serpenteaban por el suelo como raíces de un árbol retorcido, y el sonido constante de las teclas presionadas creaba un ritmo que latía al compás de sus corazones acelerados. Javier, con su mirada fija en las pantallas y su postura encorvada, personificaba una concentración casi inhumana. Su cabello desordenado y oscuro caía sobre sus ojos mientras sus dedos se movían con precisión quirúrgica, penetrando capas de seguridad digital como si fueran simples obstáculos. A su lado, María, aún con la adrenalina corriendo por sus venas, repasaba una y otra vez los archivos recopilados. Sabían que no había margen de error.

"Esto no será suficiente si solo lo publicamos en nuestro periódico," dijo María, agotada pero sin perder la determinación. Sus ojos, enrojecidos por la falta de sueño, brillaban con una mezcla de miedo y resolución. "Necesitamos algo grande, algo que no puedan ignorar."

Javier hizo una pausa, girando lentamente su silla para mirarla. En sus ojos oscuros, llenos de un intelecto inquietante, se dibujaba una chispa de resolución fría. "Voy a hackear las transmisiones nacionales," afirmó con una calma que contrastaba con la magnitud de lo que proponía. "Será arriesgado, pero si lo logramos, no habrá vuelta atrás. El mundo entero lo verá en tiempo real."

Mientras Javier se sumergía en su mundo de códigos y algoritmos, María supo que necesitaban algo más: una alianza que les garantizara la visibilidad que requerían. La respuesta estaba clara, y era Marta Serrano. Marta había sido su mentora, una mujer con una reputación forjada en acero, capaz de derrumbar gobiernos con sus editoriales mordaces. Marta tenía los contactos, la influencia y, sobre todo, la credibilidad para que la verdad resonara en todo el país.

María marcó su número con manos temblorosas, consciente de que estaba a punto de arrastrarla a un mundo peligroso. La voz de Marta al responder era un eco de autoridad, firme pero con un tono sutilmente inquisitivo.

"Marta, soy María," comenzó con un tono urgente, sintiendo cómo las palabras se amontonaban en su garganta. "Necesito tu ayuda. Tengo una historia que puede cambiarlo todo, pero necesito que estés conmigo en esto."

Del otro lado, Marta escuchaba en silencio. Su cabello rubio y corto, siempre impecable, era tan afilado como sus ojos negros y profundos, que analizaban cada palabra con precisión. Era una mujer de apariencia fría, de tez pálida, pero con un fuego interior que se manifestaba en la intensidad con la que defendía la verdad. Finalmente, cuando María terminó de explicar la conspiración, Marta habló con su tono habitual, directo y sin adornos.

"Esto es enorme," dijo Marta, sin molestarse en suavizar la crudeza de sus palabras. "Si lo que dices es cierto, estamos hablando de una bomba que sacudirá los cimientos del país. Claro que te apoyaré, pero lo haremos bajo mis condiciones. Envíame todo lo que tengas, pero no esperes que esto sea un camino fácil. Valdés es peligroso, y si fallamos, ni siquiera tu habilidad para escapar te salvará."

"Confío en ti, Marta," respondió María, sintiendo el alivio fluir como un bálsamo sobre sus nervios desgastados. "Siempre lo he hecho."

Marta soltó una risa breve, como si estuviera calculando todas las posibilidades en cuestión de segundos. "Estamos en esto juntas, querida. Prepárate para lo peor, porque esto solo está empezando."

Con la certeza de que Marta estaba a bordo, María volvió al lado de Javier, quien ya había desplegado un mapa digital de las antenas de transmisión. La habitación se llenaba de reflejos azules y verdes, el brillo proyectando sombras sobre sus rostros cansados. Javier, concentrado como un depredador que acecha a su presa, no había dejado de monitorear las líneas de código que parpadeaban en sus pantallas.

"Está todo listo," dijo Javier, sin apartar la vista de los monitores. Su tono tenía esa mezcla de control y frialdad que se reflejaba en cada gesto de su cuerpo delgado y sin postura relajada. "La transmisión saldrá en todos los canales. Tendrán que escucharnos, les guste o no."

La atmósfera se cargaba de tensión mientras llegaba el momento decisivo. María respiró hondo, ajustando su postura frente a la cámara. Podía sentir el latido de su propio corazón en sus sienes, un ritmo tan violento como la tormenta que estaba a punto de desatar. Se quitó un mechón de cabello de la cara y fijó la vista en el lente, como si a través de él estuviera mirando directamente a todos los responsables de tanto sufrimiento.

"Marta está lista para soltar la bomba en los medios tradicionales," anunció María, con una voz cargada de decisión. "Pero lo que estamos a punto de hacer será el golpe final."

La transmisión se activó, y las palabras comenzaron a fluir de los labios de María como una ráfaga afilada. Sus gestos, calculados y precisos, proyectaban una imagen de control total, mientras exponía con crudeza la realidad del Proyecto Invisible y los horrores detrás de la fachada de Valdés.

Mientras tanto, Javier, aunque mantenía su postura despreocupada, no dejaba de monitorear el flujo de datos, buscando cualquier signo de interferencia. En sus ojos se reflejaban las líneas de código, como si fueran un lenguaje secreto que solo él dominaba, y en la comisura de sus labios se dibujaba una ligera sonrisa, esa que revelaba su disfrute por el desafío.

En ese instante, Marta entró en línea, coordinando con precisión quirúrgica la divulgación de la información en periódicos y cadenas televisivas. Aunque no estaban físicamente juntos, el trabajo conjunto entre los tres funcionaba como un mecanismo perfectamente sincronizado.

María respiró hondo. Sabía que tenía que ir más allá de un simple discurso informativo; debía sacudir conciencias, despertar a quienes se habían dejado arrastrar por la complacencia. Ante la cámara, sus ojos brillaban con una mezcla de furia y esperanza contenida. Su voz se alzó, resonante pero firme:

"Buenas noches. Mi nombre es María Catalina Duarte, periodista de *El Eco de la Ciudad*, pero hoy no vengo como reportera, vengo como alguien que ha sido testigo del abismo al que nos han arrastrado. Lo que les voy a contar no es solo una noticia. Es un golpe a esa burbuja de ilusiones que el poder ha construido para mantenernos dóciles, manipulables, invisibles ante la verdad.

Lo que están a punto de escuchar es una historia de poder, traición y tecnología peligrosa que amenaza nuestra libertad. Se trata de El Proyecto que Salió Mal: Dicho proyecto original de invisibilidad fue diseñado con buenas intenciones, tal vez para proteger la privacidad o para usos militares defensivos. Sin embargo, algo salió mal, resultando en efectos secundarios imprevistos o en un uso indebido de la tecnología. Este error llevó a la creación de los Invisibles, una nueva clase social que decidió esconderse debido a las repercusiones del proyecto fallido. La conspiración que Valdés está llevando a cabo podría estar relacionada con estos efectos secundarios o con un intento de controlar la tecnología para fines oscuros

Desde que nacemos, nos enseñan a confiar ciegamente en quienes dicen velar por nuestro bienestar. Nos alimentan con historias sobre progreso, sobre un futuro brillante construido a base de tecnología, orden y obediencia. Pero, ¿qué pasa cuando esa tecnología se pervierte? ¿Qué ocurre cuando aquellos en los que confiamos deciden que algunos de nosotros somos sacrificables en nombre de su control?

El Proyecto que Salió Mal, como le llaman, comenzó con buenas intenciones, eso es lo que nos quieren hacer creer. ¿Privacidad? ¿Defensa? ¡No se dejen engañar! Detrás de cada promesa se escondía una ambición voraz, un deseo de dominio que no tiene límites. Convertirnos en herramientas, en sombras sin voluntad. Y cuando los resultados fueron más oscuros de lo previsto, nos convirtieron en eso: Invisibles. Una nueva clase social, una legión de olvidados, de aquellos que prefirieron esconderse en las grietas de la sociedad antes que ser usados como peones en un juego que no nos pertenece.

¿Se dan cuenta? El sistema no cometió un error. No fue un fallo imprevisto. Fue premeditado. Todo aquel que representa una amenaza para su control es transformado en un fantasma. Invisibles no solo son los que se ocultan físicamente; invisibles somos todos los que hemos sido anulados, silenciados, manipulados para que ni siquiera nos demos cuenta de lo que realmente sucede. Y mientras tanto, Valdés y sus cómplices continúan amasando poder, aprovechándose del caos que ellos mismos han provocado para implantar su versión de orden, un orden que nos somete.

No se trata solo de tecnología peligrosa. Se trata del uso deliberado de esa tecnología para despojarnos de lo más básico: nuestra humanidad, nuestra capacidad de decidir, de resistir. Nos quieren hacer creer que estamos seguros, que ellos tienen todo bajo control, pero lo que realmente tienen bajo control es nuestra percepción de la realidad. Nos sumergen en un océano de información manipulada, de miedo constante, para mantenernos ciegos ante lo que realmente importa.

Hoy, les presento la verdad, una verdad incómoda que lleva demasiado tiempo en las sombras. No es solo una historia de conspiración; es la revelación de cómo el poder actúa cuando no se le enfrenta. Es un llamado a que dejemos de ser espectadores de nuestras propias vidas. Porque si permitimos que esto siga, si nos conformamos con ser invisibles en un mundo diseñado para callarnos, entonces habrán ganado. Y lo peor de todo es que ni siquiera nos daremos cuenta. A continuación, les mostraré imágenes que no solo exponen los horrores de este proyecto. Les mostraré cómo han jugado con nosotros, cómo han manipulado nuestra percepción hasta llevarnos al borde de la sumisión total. Porque al final, esto no se trata de ellos, se trata de nosotros. Se trata de despertar antes de que sea demasiado tarde."

El silencio que siguió fue un grito latente. María miró a la cámara, sabiendo que no todos entenderían, pero confiando en que aquellos que lo hicieran no volverían a mirar el mundo de la misma manera.

La transmisión comenzó a reproducir la grabación de Valdés, seguida de los documentos del Dr. Ramírez. María explicó en detalle el proyecto de invisibilidad y cómo Valdés planeaba usarlo para sus propios fines. Era un testimonio poderoso, y María podía sentir la atención del país enfocándose en ella.

Marta, con su fría y precisa manera de analizarlo todo, sabía que esto no era solo una lucha por la verdad. Había algo más, algo que la impulsaba: su necesidad de hacer justicia, de ver cómo se desplomaba un sistema corrupto que había dañado tantas vidas. No lo haría por heroísmo, sino por la necesidad visceral de exponer a quienes se creen intocables.

Reacciones en Tiempo Real:

En una cafetería del centro de la ciudad, un grupo de amigos que charlaban animadamente se quedó en silencio cuando la transmisión de María apareció en la pantalla grande del lugar. Las caras de sorpresa y asombro se reflejaron en sus miradas mientras observaban, boquiabiertos, las revelaciones que María presentaba.

En una casa de familia, una madre que estaba lavando los platos se detuvo al escuchar la voz de María desde la sala. Su hijo adolescente, pegado a su computadora, exclamó: "¡Mamá, ven a ver esto!" Los dos se reunieron frente a la pantalla, los ojos fijos en la transmisión.

Las palabras de María resonaban en las calles, en los hogares, en los dispositivos móviles de miles de personas. La gente se detenía en las aceras, mirando las pantallas con asombro y consternación. En las casas, las familias se reunían frente a las televisiones, sus rostros iluminados por el resplandor de la transmisión. En las redes sociales, la noticia se esparcía como un reguero de pólvora, miles de comentarios inundaban la red con reacciones de incredulidad, apoyo y furia.

En una modesta casa, una madre detuvo la cena para escuchar, sus hijos a su lado preguntando qué significaba todo esto. En otro establecimiento, los clientes se agolparon alrededor de una pequeña televisión, sus murmullos llenando el aire. Un hombre de negocios, atrapado en un taxi en medio del tráfico, miraba su teléfono con incredulidad, sus planes y preocupaciones momentáneamente olvidados.

En el cuartel general de la policía, los oficiales miraban la pantalla con rostros serios, conscientes de las implicaciones que esa transmisión traería. La revelación de la existencia de la tecnología de invisibilidad y el proyecto manipulado por Valdés era un golpe devastador para el orden establecido. Incluso, aquellos implicados cuyos nombres se encontraban en el cuaderno de Ramírez se mordían las uñas de solo pensar que en cualquier momento caerían uno a uno como peones cazados por la reina.

En la calle, transeúntes que pasaban junto a una tienda de electrónica se detuvieron al ver las pantallas en el escaparate. La multitud creció rápidamente, todos observando en silencio, algunos grabando con sus teléfonos, otros intercambiando miradas de incredulidad y preocupación.

En una oficina, empleados que trabajaban en sus escritorios comenzaron a murmurar y levantarse de sus sillas, reuniéndose alrededor del monitor del jefe que había puesto la transmisión en su computadora. "Esto es enorme," tartamudeó uno de ellos, sin apartar la vista de la pantalla.

En las redes sociales, Facebook y YouTube se llenaron de comentarios en tiempo real. "¿Están viendo esto?" escribió un usuario. "Esto va a cambiarlo todo," respondió otro. La transmisión se volvió viral en cuestión de minutos, con miles de personas compartiendo el enlace y expresando sus reacciones de asombro y alarma.

En la Mansión de Valdés:

Valdés observaba la transmisión desde su lujosa mansión, sus ojos se abrieron de par en par con incredulidad. No podía creer lo que veía. La furia comenzó a hervir dentro de él, transformándose en una explosión de ira descontrolada.

"¡Maldita perra, desde ya es puta muerta!" gritó, sus manos temblando de rabia. "La desollaré y se la daré a los perros para que le quiten la brama. ¡Maldita zorra!"

Los objetos volaron por la habitación cuando Valdés arrojó todo lo que tenía a su alcance. El sonido de cristal rompiéndose y metal chocando contra el suelo resonó como un eco ensordecedor. La verdad sobre el proyecto y su manipulación calculada estaba ahora expuesta ante todo el país, y su poder se tambaleaba peligrosamente.

Valdés apretó un botón en el intercomunicador de su escritorio. "¡Traigan a Martínez, ahora!" rugió, su voz reverberando por los altavoces ocultos en las paredes.

Su hombre de confianza, Martínez, entró apresuradamente en la habitación, sus pasos resonando en el mármol del suelo. Nervioso por la furia evidente de Valdés, se acercó tembloroso. "¡¿Cómo es posible que no hayan atrapado a esa maldita perra de la reportera?!"

Martínez tragó saliva, el sudor perlaba su frente. "Lo siento, señor. Ella es muy escurridiza, todavía no hemos podido dar con su ubicación. Deme tiempo, mis hombres ya están trabajando en ello." Su voz era un tiritar tembloroso.

Valdés giró hacia un gabetero, su silueta proyectada ominosamente contra la pared por la luz tenue. Sacó una pistola con un movimiento lento y deliberado. Sin previo aviso, descargó su furia con veinte balazos en la cabeza de Martínez. La sangre y los restos salpicaron la habitación creando una escena espantosa.

"Tiempo de sobra tendrás, pero para aguantar esos balazos," dijo Valdés, su voz fría y calculadora, resonando con un eco que parecía prolongarse eternamente.

La brutalidad del acto y las palabras de Valdés mostraban claramente su naturaleza despiadada. Era un villano sin escrúpulos, dispuesto a eliminar cualquier obstáculo que se interpusiera en su camino.

Luego, Valdés se movió por la habitación, sus zapatos de cuero resonando con cada paso en el mármol pulido. Cada sonido parecía enfatizar su autoridad y su desprecio por los que le rodeaban. Deliberadamente, se acercó al cadáver de Martínez, observando el charco de sangre que se extendía lentamente. Con una frialdad calculada, se paró sobre los dedos del cadáver, retorciéndolos bajo su peso. El crujido de los huesos quebrándose resonó en la habitación, un testimonio silencioso de su crueldad.

Sacó su teléfono con un movimiento calmado y marcado por la seguridad. Marcó un número rápidamente y llevó el aparato a su oído. "Perico," dijo con voz firme y controlada. "Lleva a todos los hombres que tengas disponibles al almacén del Centro Comercial de la ciudad. Espera mi segundo llamado para darte instrucciones."

La voz de Valdés no mostraba ni un rastro de duda o remordimiento. La incertidumbre sobre sus planes futuros se cernía como una sombra, dejando claro que tenía algo siniestro en mente.

De pie frente al ventanal, observaba su reflejo, su mente llena de estrategias y represalias. Su tranquilidad era solo una máscara para la furia que hervía dentro de él. Giró sobre sus talones, su decisión tomada. Los engranajes de su mente ya se movían, preparando la siguiente jugada en su juego mortal. Estaba decidido, la reportera iba a recibir una cucharada de su propia medicina.

La reacción de los Invisibles cuando comenzaron a ver la transmisión de María:

En las sombras, donde la luz del sol rara vez alcanzaba, los Invisibles habían creado sus propios refugios. Eran lugares ocultos a los ojos del mundo, donde podían existir sin temor a ser descubiertos. Pero aquella noche, las pantallas de sus dispositivos móviles y computadoras portátiles iluminaban sus rostros mientras la transmisión en vivo de María cobraba vida.

En un pequeño apartamento escondido entre las ruinas de un viejo edificio industrial, un grupo de Invisibles se había reunido. Sus rostros eran una mezcla de incredulidad, esperanza y miedo. Joaquín, un hombre de mediana edad con una barba descuidada y ojos cansados, ajustó el volumen del altavoz, asegurándose de que todos pudieran escuchar claramente.

"Buenas noches. Mi nombre es María, y soy periodista de 'El Eco de la Ciudad'. Esta noche, estoy aquí para revelar una verdad que ha sido ocultada durante demasiado tiempo..."

Las palabras de María resonaban en la habitación, cada sílaba cargada de una fuerza implacable. Los Invisibles se miraron entre sí, algunos con lágrimas en los ojos, otros con los puños apretados. Lucía, una joven que había perdido a su familia en el caos que siguió al proyecto de invisibilidad, sollozaba silenciosamente, abrazada a un viejo suéter que alguna vez perteneció a su madre.

En otro rincón de la ciudad, en un escondite subterráneo, Pedro, un antiguo científico que había trabajado en el proyecto, no podía apartar la vista de la pantalla. Sus manos temblaban mientras escuchaba a María desenmascarar a Valdés y su conspiración. La culpa y el arrepentimiento lo habían consumido durante años, pero ahora, por primera vez, veía una chispa de redención.

"Lo que están a punto de escuchar es una historia de poder, traición y tecnología peligrosa que amenaza nuestra libertad..."

Los Invisibles sentían cómo sus corazones latían al unísono, una mezcla de emociones agitándose en su interior. Habían sido forzados a la invisibilidad, condenados a vivir en las sombras por culpa de una tecnología que había prometido protegerlos pero que, en cambio, los había deshumanizado.

En una casa segura, oculta en un barrio residencial, Elena, una madre que había dado a luz a su hijo bajo el manto de la invisibilidad, lo abrazaba con fuerza. El niño, demasiado joven para entender la transmisión, miraba la pantalla con curiosidad. Elena, con lágrimas en los ojos, murmuraba una oración de agradecimiento. Por primera vez, sentía que había esperanza para su hijo, una posibilidad de un futuro mejor.

"... Este error llevó a la creación de los Invisibles, una nueva clase social que decidió esconderse debido a las repercusiones del proyecto fallido..."

La declaración de María resonaba en todos los rincones donde los Invisibles se escondían. Era un grito de justicia, una llamada a la acción. Sentían cómo el miedo que los había mantenido ocultos comenzaba a desvanecerse, reemplazado por una determinación feroz.

En un viejo almacén, ahora convertido en un refugio improvisado, los Invisibles comenzaron a congregarse, sus dispositivos parpadeando con la transmisión. Se miraban con una mezcla de asombro y resolución. Aquella noche, María no solo estaba exponiendo la verdad sobre Valdés; estaba devolviéndoles su voz, su dignidad y su esperanza.

Las imágenes de la grabación y los documentos del Dr. Ramírez pasaban por la pantalla, y cada palabra de María era como un martillo golpeando la barrera del silencio que los había aprisionado.

"... Pero esto es solo el comienzo. Ahora tenemos que asegurarnos de que el mundo escuche la verdad."

Los Invisibles, inspirados por la valentía de María, sabían que la lucha no había terminado, pero por primera vez, sentían que no estaban solos. Había una chispa de esperanza, una posibilidad de cambio. Y mientras las palabras de María continuaban resonando en sus corazones, los Invisibles se preparaban para reclamar su lugar en el mundo, unidos en su determinación de exponer la verdad y protegerse mutuamente.

De Vuelta en el Departamento de Javier:

María sintió el peso de la atención colectiva mientras continuaba explicando los detalles del proyecto fallido y la conspiración de Valdés. Su voz era firme, aunque su corazón latía con fuerza. La grabación de Valdés, las pruebas del Dr. Ramírez y las imágenes que seguían eran irrefutables. Ella y Javier sabían que no había marcha atrás.

Javier, la observaba con admiración y una profunda preocupación. Sabía que este era solo el comienzo de una batalla mucho más grande, pero en ese momento, ella era la voz de la verdad que resonaba en todo el país. Esa periodista acababa de hacer historia.

Mientras hablaba, las líneas telefónicas del apartamento comenzaron a sonar. Javier contestó y se volvió hacia María con una expresión de preocupación.

"Es Marta. Dice que hay hombres afuera del edificio. Están tratando de detener la transmisión en vivo."

María asintió. "Tenemos que seguir adelante. No pueden silenciar esto."

La transmisión continuó, y María sintió una oleada de esperanza al ver que otros medios comenzaban a cubrir la historia. Sin embargo, sabía que no estaban fuera de peligro. Las fuerzas detrás de Valdés eran poderosas y no se detendrían ante nada para proteger sus secretos.

De repente, un golpe fuerte resonó en la puerta del apartamento. Javier miró por la mirilla y se volvió hacia María, su rostro pálido.

"Son ellos," dijo en un susurro. "Nos han encontrado."

María se levantó, su mente trabajando a toda velocidad. "Tenemos que salir de aquí. Llama a Marta y dile que continúe con la historia. No pueden detenernos a todos."

Javier asintió y comenzó a empacar el equipo esencial. María agarró el cuaderno del Dr. Ramírez y las copias de las pruebas. Era un momento crucial en el que tenían que moverse rápido.

Salieron por la puerta trasera justo cuando los hombres de Valdés irrumpían en el apartamento. Corrieron por los callejones, sus corazones latiendo al unísono con el miedo y la adrenalina. No podían detenerse.

Encontraron refugio en un viejo almacén abandonado. Javier se aseguró de que no habían sido seguidos y se dejó caer contra una pared, jadeando.

"Lo logramos," dijo entre respiraciones. "La transmisión se completó. Ahora solo tenemos que esperar."

María asintió, sintiendo una mezcla de alivio y agotamiento. "Hemos hecho todo lo que podíamos. Ahora depende del público y los medios seguir con esto."

Pasaron la noche en el almacén, con la incertidumbre colgando en el aire. Al amanecer, el teléfono de María comenzó a sonar con mensajes y llamadas de colegas y amigos. La historia se había difundido, y las autoridades estaban tomando medidas.

"María," dijo Javier, mirando las noticias en su computadora portátil. "Valdés ha sido arrestado. Están investigando todo. Hemos ganado."

María sintió una oleada de alivio y emoción. Habían desenmascarado la conspiración y protegido a los Invisibles, que no eran más que víctimas de un sistema corrupto que les falló de la peor manera: provocando alteraciones genéticas a sabiendas de que más tarde serían usados para realizar acciones ilícitas fraguadas por Valdés, en cosas que hasta el momento eran parcialmente desconocidas. Sabía que la lucha no había terminado, pero habían dado el primer paso crucial hacia la justicia.

"Gracias, Javier," dijo, abrazando a su amigo. "No podría haberlo hecho sin ti."

Javier sonrió. "Esto es solo el comienzo, María. Hay mucho más trabajo por hacer."

María asintió, sabiendo que tenía razón. Pero por ahora, podía permitirse un momento de descanso. Habían expuesto la verdad, y el mundo ya no sería el mismo.

Capítulo:

EL ASALTO AL CENTRO COMERCIAL

El asalto comenzó de forma metódica y precisa. Los hombres de Valdés entraron al centro comercial en tres oleadas bien coordinadas, mezclándose inicialmente entre los compradores, como si fueran clientes ordinarios. Algunos llevaban bolsas falsas, otros fingían estar hablando por teléfono o revisando vitrinas, pero todos aguardaban la señal. Cuando el reloj en la entrada marcó las tres en punto, la operación inició.

Una explosión controlada hizo estallar las puertas de acceso y, en cuestión de segundos, se desplegaron bloqueos de seguridad en todas las salidas. Los compradores y empleados se quedaron paralizados, incapaces de comprender lo que estaba ocurriendo. Los más audaces intentaron correr hacia las salidas, pero solo encontraron soldados armados apuntándoles con fusiles, forzándolos a retroceder. Los gritos comenzaron a llenar el ambiente mientras la realidad del secuestro se imponía brutalmente sobre todos.

Las órdenes eran claras y sin lugar a errores: tomar el control del edificio, aislar a todos los presentes, y preparar la infraestructura para una transmisión en vivo. No se permitirían fallos.

Un grupo de los secuestradores, expertos en tecnología, se dirigió rápidamente a la sala de control del centro comercial. Forzaron las puertas y desactivaron las cámaras de seguridad del lugar, sustituyéndolas con su propio equipo. Llevaban maletines llenos de dispositivos avanzados, listos para montar la red de cámaras que cubriría todos los ángulos deseados para la transmisión. Todo estaba fríamente calculado; cada pasillo, cada esquina y cada espacio de la plaza central debía ser visible para la audiencia que pronto estaría observando desde sus pantallas. La señal sería transmitida en alta definición, asegurándose de que la humillación y el terror fueran vistos en tiempo real por el mundo entero.

Mientras tanto, el resto de los hombres de Valdés comenzaba a reunir a los rehenes. A gritos y empujones, los agrupaban en el centro del lugar, obligándolos a arrodillarse mientras los apuntaban con armas largas. Los llantos de niños y los ruegos de los adultos no hacían mella en ellos. Para los secuestradores, todo esto no era más que una misión, y cada paso estaba diseñado para infundir miedo, asegurando que todos los rehenes comprendieran que sus vidas pendían de un hilo, dependiendo exclusivamente de los caprichos de Valdés.

Una vez la instalación de las cámaras estuvo lista, los técnicos procedieron a configurar el sistema de transmisión. Conectaron los dispositivos a una red encriptada, asegurándose de que la señal no pudiera ser rastreada ni bloqueada fácilmente. El objetivo no solo era mostrar el sufrimiento de los rehenes, sino también enviar un mensaje claro y contundente: el poder de Valdés no tenía fronteras y su control sobre la situación era absoluto. Cada paso que daban, cada lágrima derramada, sería vista por millones.

En la plaza central, los hombres de Valdés instalaron un podio improvisado, donde se colocó un micrófono conectado a las cámaras. Era evidente que esto no era solo una operación de secuestro, sino un espectáculo cuidadosamente orquestado. Una pantalla gigante fue desplegada en la plaza, proyectando el conteo regresivo para la primera transmisión en vivo. Los rehenes observaban aterrorizados, algunos murmurando oraciones, otros tratando de consolar a los más pequeños que no comprendían del todo la gravedad de la situación.

Los hombres de Valdés se movían con eficiencia y sin perder la calma. Revisaban cada rincón del centro comercial, asegurándose de que no hubiera escondites ni posibles amenazas. Rompían vitrinas, volvían a asegurar las entradas, y marcaban los puntos clave donde podían posicionarse para vigilar a los rehenes. No hubo ningún intento de negociación o diálogo; este era un mensaje unilateral: la audiencia sería forzada a presenciar la desesperación de la gente atrapada.

A medida que el tiempo avanzaba, el ambiente en el centro comercial se volvía cada vez más pesado. Los rehenes eran conscientes de que no se trataba de una situación de simple rescate. Había una calculada crueldad en todo lo que los secuestradores hacían, una precisión milimétrica en su ejecución. Estos hombres estaban entrenados para deshumanizar a sus víctimas, manteniendo el control mediante la violencia y el miedo.

Perico, uno de los líderes del grupo, un hombre de rostro anguloso y mirada fría, tomó el micrófono y se dirigió directamente a la cámara. Su voz resonó en todo el centro comercial, dura y carente de emoción. "Esto es solo el principio. Manténganse atentos a lo que ocurrirá. Y María...", hizo una pausa mientras la cámara enfocaba su rostro, "tienes hasta el anochecer. Si no apareces, la cuenta de cadáveres comenzará a crecer. Tú decides el destino de estas personas."

Tras esas palabras, los rehenes sintieron cómo el suelo se hundía bajo sus pies. La ansiedad era palpable, algunos comenzaron a llorar desconsoladamente mientras otros miraban alrededor buscando una salida imposible. Todos sabían que estaban atrapados, y lo peor de todo, eran solo piezas en un juego más grande, donde su sufrimiento era parte del espectáculo.

La transmisión estaba lista. El país observaría y Valdés sabía que cada segundo de desesperación, cada rostro aterrorizado, solo aumentaría su influencia y sembraría aún más miedo. El centro comercial, un lugar que alguna vez fue símbolo de vida y rutina, ahora se había convertido en un escenario de horror, y la primera escena del macabro espectáculo estaba a punto de comenzar.

Capítulo Especial:
El Refugio de los Invisibles Defectuosos

Tras la tensa huida después de la transmisión, María se encontraba sumida en sus pensamientos mientras se alejaba de los hombres de Valdés. Una sensación persistente de que algo importante había sido olvidado la abrumaba. De repente, una idea le cruzó la mente como un rayo: **Alexander**. ¿Cómo no se le había ocurrido antes?

"Javier, necesitamos encontrar al hombre que me contactó para localizar a Ramírez. Me refiero a Alex," dijo María, con la voz cargada de determinación.

Javier, sin cuestionar la urgencia en su tono, asintió y ajustó la ruta hacia el lugar donde esperaban encontrar a Alexander.

El viaje fue rápido pero lleno de ansiedad. Al llegar, las calles desoladas daban una sensación de abandono, como si el tiempo se hubiera detenido en aquel lugar. María y Javier se aproximaron con cautela a lo que parecía ser un edificio en ruinas, oculto entre la sombra y la desidia. Con cada paso que daban, el eco de sus pisadas resonaba en la soledad del lugar. Una inquietante quietud envolvía el ambiente.

Cuando finalmente entraron, se toparon con una visión desoladora: el interior estaba lleno de computadoras destrozadas, cables quemados, y un penetrante olor a caucho calcinado. La oscuridad reinante solo era interrumpida por las chispas ocasionales de los cables aún chisporroteantes, como recordatorio de un lugar que alguna vez tuvo vida.

"¿Qué pasó aquí?" murmuró María, con la voz teñida de preocupación. Sus ojos recorrieron el lugar en busca de alguna pista, pero todo lo que encontraba era confusión. Javier permanecía en alerta, sin perder de vista cada rincón oscuro, como si una amenaza oculta estuviera al acecho.

Fue en ese momento cuando una voz infantil rompió el silencio: "María, no puedo creerlo... te vi en el teléfono de mi papá hace un momento."

El grito ahogado de María resonó cuando vio de dónde provenía la voz: una pequeña niña de rostro angelical, pero con partes de su cuerpo que parecían desvanecerse en la nada, alternando entre lo visible y lo invisible. Algunas secciones de su brazo, torso y piernas eran como una ilusión, apenas contornos transparentes, mientras otras estaban completamente visibles. La sorpresa fue tal que María tropezó con una pila de escombros y cayó sobre objetos metálicos que tintinearon ruidosamente al golpear el suelo.

Javier quedó estupefacto. Aquel niño era un Invisible, pero un experimento fallido, un ser que no había logrado la transición completa. La extrañeza en sus ojos no era solo por lo que veía, sino por el tono inocente en que el niño había hablado.

De repente, desde la penumbra, emergió un hombre robusto, de apariencia viril y barba descuidada, pero con un atractivo rústico que irradiaba fortaleza. Su voz, grave y calmada, rompió la tensión.

"Perdonen la imprudencia de mi hija," dijo mientras avanzaba hacia ellos. Cuando finalmente salió de la oscuridad, se reveló que él también era un Invisible defectuoso. Su rostro tenía partes que se desvanecían y aparecían en intervalos, como si fueran fragmentos de un espejo roto que reflejaban la nada. Su brazo izquierdo era completamente invisible, al igual que gran parte de su torso, pero su silueta podía intuirse por la leve distorsión en el aire.

"No tengan miedo," continuó el hombre. "Somos la gente que tú estás defendiendo, María. Los marginados, aquellos a los que el sistema olvidó. Y estamos agradecidos... todos lo estamos."

"¿Todos?" balbuceó María, sin poder ocultar su desconcierto.

El hombre asintió lentamente. "Sí, todos."

En ese momento, desde los rincones oscuros del refugio comenzaron a aparecer más figuras. Una multitud de Invisibles defectuosos emergió, sus cuerpos parcialmente visibles, como sombras que fluctuaban entre lo real y lo intangible. Algunos tenían partes del rostro que parecían desvanecerse en la oscuridad; otros mostraban extremidades incompletas, como si su misma existencia estuviera luchando por mantenerse en este mundo. Una mujer con cabellos entrelazados con hilos de luz titilante, un anciano cuyo pecho y abdomen eran meras siluetas vagas, y un joven cuya pierna desaparecía cada pocos segundos. Todos ellos la miraban con ojos de esperanza y admiración.

Los invisibles, con sus cuerpos distorsionados por la tragedia, se acercaron lentamente a María y Javier. Rostros angustiados, miradas quebradas, y un dolor que parecía haberse arraigado en lo más profundo de sus almas. "Maca", la llamaron algunos de ellos, usando un apodo que sonaba extraño, pero cálido al mismo tiempo. Era como si, en medio de su sufrimiento, vieran en ella una figura capaz de comprender su calvario.

Se fueron acercando, uno a uno, hasta formar un círculo alrededor de María y Javier. Relatos cortos, historias de dolor, de lo que significaba ser un error viviente de un experimento monstruoso. María apenas podía procesar la magnitud de las palabras que escuchaba. Eran como fantasmas atrapados en una existencia que nunca deberían haber tenido que soportar.

El hombre barbudo, aquel que los lideraba, finalmente dio un paso al frente. Su voz profunda resonó en la penumbra: "Mi nombre es Ezra". Aquel nombre quedó suspendido en el aire, cargado de una mezcla de solemnidad y dolor.

Los otros invisibles guardaron silencio, sabiendo que lo que venía no era solo un relato más, sino la verdad que había estado oculta todo este tiempo.

Ezra tomó aire y comenzó: "Todo empezó en las instalaciones de la corporación, cuando creían que podían jugar con la genética como si fueran dioses. Yo estaba ahí... uno de tantos que se ofrecieron sin saber que éramos sacrificios para un experimento inhumano. Nos llevaron a un laboratorio subterráneo. Era un lugar frío, impersonal, rodeado de metal y vidrio polarizado. Nos metieron en salas separadas, cada una como una jaula, mientras los científicos, con sus trajes herméticos y sus rostros ocultos tras cascos polarizados, observaban cada uno de nuestros movimientos".

Ezra hizo una pausa, como si el recuerdo aún lo carcomiera. "Nos inyectaron con todo tipo de sustancias... fórmulas que nunca debieron existir. Nombres como CX-9 y Adimetral resonaban en sus laboratorios, mezclas químicas que buscaban crear algo más allá de la humanidad. Y mientras algunos lograban convertirse en lo que ellos llamaron 'Invisibles Oscuros', nosotros, los que no soportamos las mutaciones, quedamos atrapados en cuerpos deformes, rotos, inestables. Para ellos, éramos basura".

Los invisibles escuchaban en silencio, reviviendo aquel día a través de las palabras de Ezra.

"Los que se convertían en Invisibles Oscuros eran llevados rápidamente fuera del laboratorio, celebrados como logros científicos. Pero a nosotros, los que fallábamos, nos arrojaban a una sala cercana al reactor nuclear, como si fuéramos desechos. Pude ver el miedo en los ojos de los demás. Yo era uno de esos defectuosos. Sentí cómo mi cuerpo se quebraba, cómo mi piel desaparecía y volvía a aparecer en un parpadeo, cómo cada célula de mi ser se retorcía en un dolor indescriptible".

Ezra cerró los ojos un momento, recordando la desesperación de aquel instante. "Al final, cuando terminaron de llevarse a los Invisibles Oscuros, los científicos abandonaron la instalación. Pero antes de irse, dejaron una bomba junto al reactor. Querían borrar todo rastro de su fracaso. La explosión... fue una monstruosidad. Desató un infierno que arrasó con todo a su paso. Aquello no fue solo una detonación. Fue una masacre, algo comparable a Hiroshima. Muchos murieron al instante, pero algunos... algunos, como yo, sobrevivimos en ese limbo de mutación y dolor. Al salir, descubrimos que la radiación había hecho lo suyo. Personas de los pueblos cercanos, ajenos a todo esto, también se convirtieron en seres deformes, en monstruos. Nadie estaba preparado para lo que vino después".

Ezra abrió los ojos, fijos en los de María. "Desde entonces, nos escondemos. Nos hemos mantenido en las sombras, esperando el momento para vengarnos. Y ahora, tú apareces, exponiendo a Valdés, revelando una parte de su horror. Por eso estamos aquí. Porque esto, Maca, es más grande de lo que imaginas. No somos solo experimentos fallidos; somos los residuos de una ambición desmedida. Y estamos listos para hacer que todos los culpables paguen".

El silencio cayó pesado sobre el grupo. María sintió el peso de las historias, de la vida rota de cada uno de ellos. Comprendió que aquella misión de enfrentarse a Valdés y a la corporación no era solo su lucha. Eran los gritos de los invisibles, de los olvidados, los que ahora pedían justicia.

"Valdés está implicado hasta el fondo en todo esto", dijo finalmente María, con una frialdad que sorprendió incluso a Javier. "Lo expuse para que su poder se desmorone. Y ahora, no me detendré hasta verlo caer".

En la penumbra del refugio improvisado, uno de los invisibles defectuosos, un hombre delgado con los ojos desorbitados y un brazo completamente invisible, se adelantó y, con una voz rasposa y quebrada por la desesperación, comenzó su relato. Su tono fluctuaba entre la angustia y el rencor mientras sus palabras revelaban un fragmento aterrador del calvario que habían vivido.

"Mi nombre es Octavio y recuerdo bien cuando la corporación descubrió que algunos de nosotros habíamos sobrevivido a la explosión. Lo que pasó después fue peor que cualquier pesadilla. Nos cazaron como si fuéramos bestias rabiosas. Drones, helicópteros, y hombres armados nos rastreaban sin descanso. No tardaron en encontrarnos. Los que no lograron escapar fueron apresados y llevados a un lugar que llamaban *La Gran Fábrica*. Ese nombre lo escuchamos en los gritos de algunos de nuestros compañeros capturados. Nadie sabe exactamente qué sucede dentro de esas instalaciones, pero no son más que una prisión disfrazada de laboratorio. Una fábrica de horrores."

María, con el rostro pálido, preguntó con un hilo de voz: "¿Qué les hicieron allí?"

El hombre bajó la mirada, intentando ocultar su desesperanza. "No sabemos con certeza. Pero lo que sí sabemos es que la corporación no nos considera humanos; para ellos, solo somos recursos reutilizables, experimentos que aún tienen potencial. Dicen que tienen 'planes' para nosotros, aunque nadie sabe cuáles. Los pocos que lograron escapar antes de ser enviados a esa instalación hablaban de pasillos interminables, luces cegadoras y una constante sensación de ser observados desde la oscuridad."

Ezra, que hasta entonces había permanecido en silencio, tomó la palabra. "A esa instalación la llamamos *La Gran Fábrica* porque todo en ella parece estar diseñado para producir algo, aunque no sabemos qué. Las paredes vibran con un zumbido mecánico y el aire huele a metal oxidado. Los que sí logramos escapar, nos reagrupamos y decidimos permanecer ocultos. Preferimos morir aquí fuera antes que volver a caer en sus garras."

Otro de los invisibles, una mujer con el rostro parcialmente transparente, agregó en un murmullo: "Dicen que lo que están fabricando en esa instalación tiene que ver con lo que Valdés y los demás directivos llaman *la siguiente fase*. No sabemos qué es, pero si lo descubren antes que nosotros, será nuestro fin."

María tragó saliva, sintiendo una mezcla de horror y responsabilidad. Sabía que aquellos invisibles defectuosos, con sus cuerpos incompletos y sus almas destrozadas, estaban en ese estado debido a una causa que, de alguna forma, ahora estaba en sus manos.

Sus rostros la miraban con esperanza, como si ella fuera la única luz en medio de una oscuridad infinita.

"Nos mantenemos en las sombras," continuó Ezra, "y esperamos. Solo nos unimos a ti, *Maca*, porque creemos que tú puedes cambiar algo, aunque eso signifique enfrentar el riesgo de ser descubiertos y cazados de nuevo."

Finalmente, María preguntó con cautela: "¿Conocen a Alex? El hombre que debería estar aquí."

El hombre barbudo negó con la cabeza. "Este refugio lo encontramos así, destruido y sin energía. No sabemos quién es ese Alex que mencionas."

Algo en el aire no cuadraba. María sintió un escalofrío recorrer su cuerpo. "Debemos irnos," susurró a Javier. "No podemos quedarnos mucho tiempo, esto podría ponernos en peligro a todos."

Cuando María y Javier se disponían a retirarse, Ezra, y Octavio, los tres hombres corpulentos se adelantaron. "Permítenos acompañarte, Maca," dijo uno de ellos con voz firme. "Nosotros también tenemos una cuenta pendiente con Valdés. No te dejaremos sola."

María los miró fijamente, tratando de discernir si podía confiar en ellos. La determinación en sus ojos no dejaba dudas. Aunque defectuosos, aquellos Invisibles estaban dispuestos a enfrentarse a cualquier amenaza con tal de defender a quien, sin saberlo, los estaba protegiendo desde las sombras.

"Está bien," dijo María finalmente, con voz contenida, aunque su mente aún estaba alerta. "Pero tengan claro que esto no será fácil. Valdés no va a detenerse hasta destruirnos."

Con ese último aviso, el grupo comenzó a movilizarse, dejando atrás aquel lugar destruido, con el recuerdo de aquellos Invisibles que, aunque rotos por dentro y por fuera, aún albergaban esperanza y gratitud en sus corazones. El juego de poder y lealtad solo acababa de comenzar, y el destino de todos ellos aún pendía de un hilo.

Capítulo 6:
La Calma Antes de la Tormenta

En los días que siguieron, María y Javier se mantuvieron en movimiento, evitando quedarse en un lugar por demasiado tiempo. Los contactos de Marta les proporcionaron refugios temporales y recursos necesarios para continuar su lucha. Las noticias sobre Valdés y la conspiración llenaban los titulares, y la presión sobre las autoridades crecía cada día.

En un pequeño café en los suburbios, María y Javier se encontraron con Marta para discutir los próximos pasos. Marta, siempre pragmática, había conseguido documentos oficiales que detallaban los proyectos de Valdés y su red de influencias. Mientras revisaban los papeles, quedó claro que el alcance de la conspiración era mucho mayor de lo que inicialmente habían sospechado.

"Mira esto," dijo Javier, señalando un gráfico en uno de los documentos. "Valdés tenía socios en todas partes del mundo. Esto no es solo una cuestión local. Hay empresas y gobiernos involucrados."

María frunció el ceño. "Necesitamos exponer a todos los implicados. No podemos permitir que sigan operando en las sombras. Pero esto también significa que estamos enfrentándonos a fuerzas mucho más poderosas de lo que imaginábamos."

Marta tomó un sorbo de su café, su mirada fija en los documentos. "Tenemos que ser estratégicos. Si lanzamos toda esta información de una vez, podríamos perder el control sobre la narrativa. Necesitamos aliados, personas influyentes que nos apoyen."

Javier cerró su computadora portátil y se recostó en su silla. "Conozco a alguien que podría ayudarnos. Un viejo amigo que trabaja en seguridad cibernética. Si logramos que nos ayude, podríamos asegurarnos de que toda esta información se difunda de manera segura." María miró a Javier, evaluando sus palabras. "¿Podemos confiar en él?"

"Absolutamente. Es uno de los mejores y ha estado luchando contra la corrupción desde dentro durante años. Nos ayudará."

Decidieron contactar al amigo de Javier, cuyo nombre era Daniel. Organizaron una reunión en un lugar seguro, y cuando llegaron, encontraron a un hombre de mediana edad con una apariencia casual pero alerta, evidentemente preparado para cualquier cosa.

"Javier, María, es un placer conoceros," dijo Daniel mientras estrechaba sus manos. "He escuchado mucho sobre vuestra lucha. Estoy aquí para ayudar."

María sintió una oleada de esperanza. "Gracias, Daniel. Necesitamos tu experiencia para asegurarnos de que toda esta información llegue al público sin ser interceptada."

Daniel asintió, pero en lugar de responder directamente, comenzó a examinar los documentos y la grabación de Valdés. "Lo que tenéis aquí es dinamita. Si lo manejamos correctamente, podríamos desmantelar toda esta red. Pero debemos ser cuidadosos. Una filtración prematura podría poner en peligro nuestras vidas y las de otros."

Trabajaron juntos durante horas, elaborando un plan para distribuir la información de manera efectiva y segura. Daniel utilizó sus habilidades para crear un sistema de seguridad que protegiera los datos y asegurara que cada archivo se difundiera de manera anónima a través de múltiples canales.

Al anochecer, el plan estaba listo. "Vamos a lanzar esto en fases," explicó Daniel. "Primero, expondremos a los principales implicados, asegurándonos de que los medios más grandes reciban la información.

Luego, liberaremos el resto de los datos a través de redes independientes para asegurarnos de que no puedan silenciar todo de una vez." María se sintió fortalecida por el apoyo de Daniel. "Estamos haciendo lo correcto. Esto podría cambiar el curso de la historia."

Mientras se preparaban para la primera fase de su plan, el ambiente en la pequeña sala se llenó de una mezcla de tensión y determinación. Cada uno de ellos sabía que el riesgo era enorme, pero también sabían que estaban en el lado correcto de la justicia.

En la madrugada, María miró a sus compañeros. "Estamos listos. Es hora de hacer historia."

Con un último intercambio de miradas de confianza, activaron el primer envío de datos. Las pantallas comenzaron a parpadear mientras la información se transmitía a través de las redes. El reloj marcaba el inicio de una nueva era de transparencia y justicia.

Capítulo 7:
El Contraataque

Al día siguiente, la ciudad despertó con una conmoción palpable. Los titulares en los principales periódicos y las noticias en televisión no hablaban de otra cosa. La implicación de Valdés y sus asociados en la conspiración se había convertido en el tema del momento. Las autoridades no tuvieron más remedio que responder ante la presión pública y comenzaron una serie de investigaciones y arrestos.

María, Javier y Daniel siguieron la cobertura desde un lugar seguro, observando cómo se desarrollaban los acontecimientos. Sin embargo, sabían que los enemigos aún no habían mostrado todas sus cartas.

"Debemos estar preparados para un contraataque," comentó Daniel mientras revisaba los sistemas de seguridad. "No se quedarán de brazos cruzados."

María y Javier compartieron una mirada de preocupación. "Tenemos que seguir adelante," dijo Javier. "Cada paso que damos nos acerca más a la verdad completa."

En ese momento, Marta llamó a María con una voz urgente. "Han hackeado nuestras comunicaciones. Están intentando descubrir nuestras ubicaciones."

María apretó el teléfono con fuerza. "Nos están siguiendo. Debemos movernos."

Javier y Daniel comenzaron a empacar sus cosas rápidamente. Decidieron dividirse temporalmente para despistar a sus perseguidores.

Se dirigirían a un lugar seguro mientras María se reunía con Marta para planear su próximo movimiento.

María llegó a la oficina de Marta, donde encontró a su amiga rodeada de papeles y teléfonos sonando sin parar. "Estamos en el ojo del huracán," dijo Marta. "Pero no podemos rendirnos ahora."

"Necesitamos exponer más información," dijo María. "La gente debe saber la magnitud de esta conspiración."

Marta asintió. "Tenemos que ser estratégicas. Necesitamos aliados en el gobierno y en las fuerzas de seguridad que no estén comprometidos."

Decidieron contactar a un senador conocido por su lucha contra la corrupción, alguien en quien podían confiar. María hizo la llamada, explicando la situación y solicitando una reunión urgente.

Horas después, se encontraron en un lugar discreto. El senador, un hombre de principios y con una reputación intachable, escuchó atentamente la historia de María y Marta. "Esto es más grande de lo que imaginaba," dijo. "Haré todo lo que esté en mi poder para ayudar. Pero debemos ser cuidadosos. Cualquier paso en falso y ellos podrían contraatacar de manera devastadora."

Juntos, planearon una serie de medidas para proteger a los testigos y asegurar la difusión de la información restante. Mientras tanto, Daniel y Javier seguían trabajando desde la clandestinidad, asegurando que cada documento se distribuyera a las personas correctas.

Días después

Días después, el senador utilizó su influencia para convocar una audiencia pública, donde los detalles de la conspiración serían expuestos ante el Congreso y la nación. María, Javier y Daniel se prepararon para presentar su caso, sabiendo que esto sería un punto de no retorno.

La audiencia fue un evento de alto perfil, con periodistas y ciudadanos observando con atención.

El Congreso: La Negación y el Cinismo en Juego

La audiencia pública había comenzado con la intervención de los senadores más influyentes. Las cámaras enfocaban cada expresión, cada movimiento en los rostros de quienes iban a decidir el futuro del país. María estaba lista para presentar su evidencia, pero no esperaba la magnitud de la oposición que enfrentaría en ese lugar.

El senador que lideraba la facción pro-Valdés se levantó con un aire de suficiencia. Era un hombre de mediana edad, con un rostro pulcro y frío, de esos que nunca muestran ni una pizca de emoción sincera. Su voz era tan calmada como insidiosa, diseñada para minar la credibilidad de sus oponentes sin levantar sospechas.

—Debo decir que es lamentable —comenzó, con una sonrisa irónica— que este congreso se preste para teorías de conspiración sin fundamentos. ¡Nos hablan de una supuesta manipulación genética, de explosiones y conspiraciones! Esto suena más a una novela de ciencia ficción que a la realidad de nuestro país.

Varios senadores a su alrededor asintieron, algunos incluso rieron con desprecio. María mantuvo la compostura, sabiendo que el verdadero poder de este hombre no estaba en su discurso, sino en cómo envenenaba la percepción pública con solo unas palabras.

—¿Dónde están las pruebas, señorita Duarte? —continuó, ahora dirigiendo su ataque directamente hacia María—. ¿Dónde están esos "humanos manipulados" que tanto menciona? ¿Dónde está el supuesto caos que dice haber descubierto? Lo que veo aquí es a un grupo de alborotadores intentando desestabilizar nuestro país en un momento crítico.

Javier, sentado junto a María, inclinó ligeramente la cabeza mientras la sombra de una sonrisa se dibujaba en sus labios. Observaba al senador con la misma intensidad analítica que empleaba cuando desentrañaba un enigma complejo. Su peculiaridad no era su apariencia desgarbada, sino la forma en que parecía adelantarse a cada palabra del otro, como si pudiera leer su pensamiento. Sin embargo, se mantuvo en silencio, esperando su momento para intervenir.

Otro senador, más joven y aparentemente ansioso por mostrar lealtad a la facción dominante, tomó la palabra.

—¡Esto es un circo! —exclamó, su tono teatral buscando el apoyo del resto—. No hay ninguna prueba concreta. Solo especulaciones, historias sacadas de cuentos de terror. ¿Nos van a decir ahora que existen monstruos invisibles que acechan nuestras calles? Por favor, estamos perdiendo el tiempo con estas ridiculeces.

El ambiente en la sala se volvió tenso. María sintió el peso de la mirada de la multitud sobre ella, y aunque algunos parecían dudosos, otros empezaban a mostrarse más receptivos a la narrativa de los negacionistas.

Entonces, fue el turno del senador que había decidido apoyar la causa de María y Javier. Con una figura imponente y una voz profunda que resonó en el recinto, no perdió tiempo en exponer su punto.

—Lo verdaderamente ridículo —dijo, con una mirada desafiante hacia los cínicos— es cómo ciertos individuos, cómodamente asentados en el poder, ignoran el sufrimiento de nuestro pueblo y cierran los ojos a la verdad solo para mantener sus privilegios. La evidencia está aquí, señoras y señores. No podemos seguir tapándonos los ojos. Ignorar esto es no solo negligente, sino criminal.

Presentó documentos, grabaciones y testimonios que dejaban clara la implicación de Valdés en la conspiración. Los murmullos crecieron entre los asistentes, y los cínicos comenzaron a perder algo de su compostura, aunque se mantenían firmes en su narrativa.

Justo en ese momento, un representante del grupo de María se levantó, con aire decidido. Era Daniel, con su acento castellano aún más marcado por la emoción.

—¡Dejad de mentir! —clamó con una mezcla de indignación y furia contenida—. Hemos vivido en las sombras, huyendo, viendo cómo estas atrocidades se ocultan a plena vista. Este no es el momento de jugar con la retórica política. La "Gran Fábrica" es real, y quienes nos persiguen no descansarán hasta lograr su objetivo.

La sala estalló en una mezcla de gritos y protestas. El senador negacionista golpeó la mesa con fuerza, exigiendo que se restaurara el orden.

—¡Basta de farsas! —vociferó—. Están sembrando el caos en nuestro país. No podemos dejarnos llevar por miedos irracionales y cuentos de terror. ¡Esto es solo una estrategia para tomar el control político!

El impacto fue inmediato. Los medios se hicieron eco de cada palabra, y la presión sobre las autoridades aumentó exponencialmente. El senador, fiel a su palabra, utilizó su posición para garantizar que se tomaran medidas inmediatas.

Mientras la audiencia continuaba, María recibió un mensaje cifrado de Marta. "La corporación ya está al tanto de la reunión con el congreso. Están planificando un ataque."

María se sintió invadida por la preocupación, pero mantuvo la compostura. Envió una respuesta rápida a Marta, instándole a tomar precauciones extremas.

El Congreso: El Desafío de María

El ambiente en la sala del congreso estaba en su punto más tenso. Los murmullos crecían, y los cínicos del parlamento sonreían desde sus cómodas posiciones, convencidos de que tenían el control de la narrativa. Pero María no se dejaría intimidar. Desde el estrado, la joven los observaba con una mezcla de determinación y desprecio.

—¿De verdad creen que pueden seguir negando lo que está sucediendo? —comenzó, sin necesidad de elevar la voz. Su tono era sereno, pero cada palabra llevaba un filo cortante—. ¿Hasta cuándo piensan esconderse detrás de su retórica vacía y sus falsos discursos de estabilidad?

Un senador soltó una risa seca, pero se notaba en su mirada que el nerviosismo empezaba a filtrarse. María no perdió ni un segundo en avanzar hacia el centro de la sala. Con pasos lentos, cruzó la mirada con varios de los asistentes, exponiendo la falsedad que habitaba detrás de sus expresiones imperturbables. No hablaba solo a los congresistas, sino a todos los que estaban viendo la transmisión.

—Es inadmisible, señores, que quieran tapar el sol con un dedo —prosiguió, esta vez con mayor intensidad—. Aquí, entre ustedes, hay cínicos que tienen negocios turbios con esa corporación. Ustedes lo saben. Y lo que más temen es que se sepa la verdad. Bueno, permítanme hacerles un favor y sacarlos de la duda.

María giró de repente y caminó hacia la puerta lateral del congreso. Todos los ojos la seguían con incredulidad. Abrió la puerta con firmeza, y allí estaban Ezra y Octavio, de pie, serenos, con una presencia que era a la vez imponente y desconcertante. El murmullo se convirtió en un caos cuando los presentes vieron en persona a dos de los humanos modificados genéticamente que tanto se negaban a aceptar.

—¿Todavía creen que esto es un cuento? —preguntó María con ironía, antes de cambiar su tono a uno más serio y penetrante—. La verdad, señoras y señores, es como el agua: por más que intenten contenerla, siempre encuentra la forma de salir a la luz. Hoy, esa verdad ha llegado a ustedes, y está destruyendo todas sus máscaras de hipocresía.

Las cámaras captaron los rostros atónitos de los senadores, especialmente aquellos que habían sido los más vocales en su cinismo. María caminó de nuevo hacia el centro, ahora con todos los ojos pegados en ella. La tensión en la sala era tan densa que apenas se podía respirar.

.

—Estos son solo algunos nombres —dijo María, levantando la lista en alto, su voz resonando con una claridad cortante que desafiaba la atmósfera cargada de tensión—. Políticos, empresarios, agentes de poder que han decidido vender sus almas para lucrarse a costa del sufrimiento de millones. Ustedes, que dicen representar la estabilidad del país, no son más que los peones de esa corporación. ¿Hasta cuándo piensan seguir siendo cómplices?

El presidente del congreso se puso de pie de inmediato, su rostro enrojecido de indignación. Golpeó el mazo con furia, tratando de imponer el orden.

—¡Señora María, le exijo que cese de inmediato! No se le permite hacer tales acusaciones sin pruebas —gritó con voz firme, mientras los senadores murmuraban en un caos de protestas.

Pero María no se dejó intimidar. Su mirada fija en el presidente, continuó con determinación, desafiando cualquier intento de silenciarla.

—Julio Martínez, senador de la República, que ha votado en favor de las políticas que destruyen comunidades enteras en nombre de las corporaciones mineras. Gabriela Ortega, CEO de Corporaciones Orión, cuyo poder y riqueza se construyen sobre la explotación y el sufrimiento de los más vulnerables. Rafael Gómez, Ministro de Defensa, que ha desviado fondos para alimentar la violencia y el desorden en el país.

Un grupo de senadores se levantó, intentando hacer valer su autoridad para interrumpirla. Pero María se mantenía firme, su voz resonando por encima del tumulto.

—Y no olvidemos a Lina Vargas, Directora del Banco Nacional, cuya gestión ha profundizado la brecha entre ricos y pobres con su manipulación financiera. Héctor Ruiz, Jefe de la Policía Nacional, que ha encubierto abusos y corrupción, permitiendo que se violen derechos humanos sin consecuencias. Patricia Alonso, de la Fundación Nueva Esperanza, quien ha usado la caridad como una fachada para desviar donaciones hacia intereses privados.

Los intentos por apagar su voz se volvieron más desesperados, pero María seguía adelante, implacable.

—Fernando Silva, Presidente de la Cámara de Comercio, que ha garantizado que las políticas económicas beneficien a unos pocos a costa de muchos. Sofía Delgado, Asesora Especial en Política Exterior, que ha negociado acuerdos que comprometen nuestra soberanía. Alejandro Campos, Director de Medios de Comunicación Global, que ha manipulado la opinión pública y censurado la verdad. Y finalmente, Isabel Ramírez, Asesora en Derechos Humanos, que ha encubierto violaciones bajo el pretexto de proteger la estabilidad política.

Su declaración dejó el salón en un silencio helado. Los senadores, paralizados por la magnitud de las acusaciones, intercambiaron miradas de shock y preocupación. María, con la mirada desafiante y la lista aún en la mano, se dirigió a todos ellos.

—Estas personas han jugado con el destino de nuestro país y han traído sufrimiento a millones. ¿Hasta cuándo seguirán siendo cómplices de este sistema podrido?

María ajustó el micrófono, sus ojos brillando con una mezcla de determinación y desdén. El silencio en el salón era absoluto, todos los presentes estaban en vilo, expectantes por la siguiente revelación.

—Y finalmente —dijo María, su voz ahora cargada de un veneno calculado—, me dirijo a usted, senador José Alvarado. Lo he dejado al final porque, aunque muchos crean que usted es un bastión de honestidad, la verdad es que tanto Marta como yo solo lo utilizamos para llegar hasta aquí y poder gritarles estas verdades. Usted, con su fachada de integridad, es el menos indicado para hablar de justicia porque, en realidad, también está vendido.

El senador Alvarado, que había permanecido en silencio hasta ahora, se quedó paralizado, su rostro perdiendo el color. Los murmullos comenzaron a elevarse entre los asistentes mientras María continuaba.

—Usted, Alvarado, ha estado en contubernio con empresas farmacéuticas que han probado medicamentos no aprobados en poblaciones vulnerables, causando la muerte de cientos y deformidades en muchos más. Ha negociado a espaldas de la ley con contratistas de defensa para desviar fondos destinados a la seguridad pública hacia cuentas en paraísos fiscales. Y su complicidad no termina ahí: ha encubierto a criminales que le han asegurado un cómodo retiro con beneficios de nuestras finanzas públicas.

El senador, que había intentado mantenerse erguido, ahora mostraba signos de gran perturbación. Su voz temblaba al tratar de responder, pero sus palabras eran ahogadas por la furia de la multitud y el peso de las acusaciones.

María, sin dejar de mirarlo con desdén, concluyó su discurso con una frase que resonó con una intensidad aterradora.

—Todos ustedes fueron peones cazados por la reina.

Con esas palabras, María dejó caer la lista sobre el podio con un golpe seco. El salón estaba en un caos absoluto, con senadores tratando de calmar el tumulto y algunos de ellos claramente preocupados por las revelaciones. El senador Alvarado se quedó en pie, estupefacto, como si acabara de recibir una bofetada en público. Las miradas acusadoras de sus colegas y el creciente clamor del público dejaron claro que su mundo, al igual que el de sus cómplices, estaba a punto de desmoronarse.

La escena se tornó aún más dramática cuando el presidente del congreso, intentando recuperar el control, se dio cuenta de que las palabras de María habían dejado una marca indeleble en la sala. Las acusaciones flotaban en el aire, y el futuro de todos los presentes parecía estar en una encrucijada peligrosa.

El presidente del congreso, ahora visiblemente agitado, trató de recuperar el control de la sesión. Pero el daño estaba hecho. La verdad había sido expuesta, y con ella, un desafío a la corrupción que resonaría en cada rincón del país.

E l caos se desató de inmediato. Algunos senadores comenzaron a gritar en un intento desesperado de desviar la atención. Otros se levantaron de sus asientos, exigiendo que se interrumpiera la sesión. Pero era demasiado tarde. La verdad estaba allí, en sus caras, innegable y contundente.

Javier, observando la situación, apenas murmuró:

—Sabíamos que llegaría este momento. Prepárate.

Con una seña sutil, dio la orden. María, Javier, Daniel, junto con Ezra y Octavio, comenzaron a moverse hacia las puertas traseras. La confusión en la sala era tal que apenas encontraron resistencia. Algunos guardias intentaron detenerlos, pero se vieron desbordados por la estampida de políticos que, aterrados, intentaban huir.

Mientras escapaban, la transmisión en vivo mostraba a varios de los políticos que, en su desesperación, revelaban más de lo que pretendían. Era evidente para todos que no solo eran cómplices, sino también partícipes directos de las conspiraciones. Sus gestos, sus palabras a media voz, todo indicaba que no soportaban que la verdad les fuera arrojada en la cara de esa manera.

Una vez fuera del edificio, ya lejos de las cámaras y el caos, María se detuvo un instante para recuperar el aliento. Sus palabras aún resonaban en la sala, y aunque estaban huyendo, sabía que habían dado un golpe que tendría repercusiones a gran escala. El sistema comenzaba a resquebrajarse.

—La verdad no necesita más defensas que su propia existencia —dijo María en un tono que solo Javier escuchó—. Ahora, solo tenemos que seguir adelante. Esto apenas comienza.

Capítulo: La Conspiración en las Sombras

En lo profundo de Bogotá, oculto bajo un rascacielos que se erigía imponente sobre la ciudad, existía un lugar donde las decisiones más oscuras se tomaban lejos del escrutinio público. Allí, bajo metros de concreto y acero, una sala de reuniones se extendía con paredes revestidas de pantallas digitales. El ambiente era asfixiante, no por la falta de aire, sino por la carga de secretos que flotaba en la atmósfera. Gráficos, informes clasificados y proyecciones de control llenaban las pantallas mientras un grupo de personalidades poderosas se sentaba alrededor de una mesa ovalada, cada uno con sus propios intereses y temores ocultos.

En el centro de la mesa, Julián Valdés, el presidente de Colombia, observaba a los presentes con una mirada calculadora y fría. A su lado, su hermano Alejandro Valdés, director de la corporación que había estado detrás del proyecto que amenazaba con desmoronar al país, asentía levemente. Otros asistentes incluían científicos, generales y empresarios de rostros endurecidos por la responsabilidad de mantener el control a cualquier precio.

Julián rompió el silencio con voz firme, pero baja, como si cada palabra estuviera calculada para resonar en los rincones más oscuros de las conciencias presentes.

"Señores," dijo, sin apartar la mirada de la pantalla frente a él, "estamos al borde de un descubrimiento histórico, pero también de un colapso. El control de la situación está a un hilo y necesitamos tomar decisiones firmes para asegurar nuestro dominio."

Los murmullos que se elevaron alrededor de la mesa fueron cortos, vacilantes. Sabían que en esa sala no había lugar para la duda. Alejandro Valdés, el director de la corporación, tomó la palabra con un tono grave, casi sombrío.

"El Proyecto Invisible nos ha dado poder como nunca antes," continuó mientras acariciaba el borde de su portafolios de cuero, "pero está claro que se ha vuelto insostenible a puertas cerradas. El mundo ya empieza a sospechar, y esa alborotadora de María está más cerca de revelar todo de lo que pensamos."

Uno de los científicos, un hombre de expresión tensa y ceño fruncido, no pudo evitar intervenir, su voz cargada de preocupación.

"Esto nunca fue lo que prometimos. Manipular el genoma para crear una nueva élite era una cosa, pero permitir que esos experimentos anden sueltos como fantasmas... Estamos jugando con fuego."

El general Estrada, sentado al otro lado de la mesa, se inclinó hacia adelante, imponiendo su presencia. Su uniforme impecable y sus medallas brillaban bajo la tenue luz de la sala.

"No podemos darnos el lujo de titubear ahora," sentenció con un tono autoritario. "El caos que provocamos fue necesario para mantener el control, pero si retrocedemos, admitiremos nuestros errores. Y si la verdad sale a la luz, no solo perderemos el poder, sino que enfrentaremos un linchamiento internacional."

Otro científico, de semblante cínico y una ligera sonrisa en los labios, intervino con desdén.

"El problema aquí no es si debemos o no continuar; el problema es que dejamos que se nos fuera de las manos. Si hubiéramos gestionado mejor los experimentos, los Invisibles seguirían siendo nuestras armas perfectas. Pero ahora tienen voluntad propia, y no podemos ignorar que algunos de ellos nos han superado en inteligencia."

Un empresario, con traje gris y una expresión fría, revisaba un informe mientras hablaba de manera pragmática.

"El mercado negro ya se está llenando con ofertas para replicar nuestra tecnología. Si no seguimos adelante, otros lo harán, sin importar las consecuencias. ¿De qué nos sirve discutir ética cuando lo que realmente importa es quién controla la narrativa?"

Julián Valdés dejó escapar un suspiro antes de intervenir de nuevo, con una frialdad que envolvía la sala.

"Mi hermano Alejandro tiene razón. Los ideales son un lujo que no podemos permitirnos. Este proyecto nació para garantizar el poder de Colombia sobre cualquier amenaza externa. Sí, es verdad, manipulamos el miedo, fabricamos enemigos. ¿Y qué? El fin justifica los medios. Pero esto se está desmoronando, y si María expone la verdad, todo estará perdido."

Alejandro Valdés, lleno de una rabia contenida, golpeó la mesa con fuerza, haciendo eco en la sala silenciosa.

"Esa mujer ya sabe demasiado. Nos ha estado ganando terreno. Y el Congreso nunca debió permitir que esa maldita mujer asistiera con su gente. No la matamos públicamente en ese momento solo para no dejarnos en evidencia ante la prensa internacional, que habría arremetido contra nosotros. Pero cometimos un grave error, y ahora tenemos que lidiar con las consecuencias."

En la esquina de la mesa, un científico, con ojos hundidos y temblor en las manos, expresó sus dudas, casi como si estuviera rogando por un destello de moralidad.

"¿Y qué pasa con nuestras propias conciencias? Sabemos lo que hemos hecho. Sabemos que cruzamos límites. ¿Hasta dónde estamos dispuestos a llegar? La ciencia no debería ser un arma de dominación sino una herramienta para mejorar a la humanidad."

Alejandro Valdés sonrió con desdén antes de responder:

"¿Conciencia? ¿De qué estás hablando? Si no somos nosotros, otros tomarán el control. Preferiría ser el verdugo a ser la víctima de una revolución que nosotros mismos causamos. La verdad es que ustedes, los científicos, son tan culpables como cualquiera aquí. Aceptaron los fondos, cerraron los ojos, y ahora quieren lavarse las manos."

El general Estrada añadió, con tono irónico:

"Estamos aquí porque entendemos lo que está en juego. El poder no es un juego de moral; es un juego de supervivencia. Si María y los demás logran exponer nuestras acciones, habremos fracasado no solo como líderes, sino como estrategas."

Julián Valdés se levantó, dominando la sala con su presencia, y se dirigió a los presentes con una voz fría y autoritaria:

"Señores, esta reunión ha terminado. No nos queda más opción que actuar con rapidez. Demos la orden para eliminar cualquier rastro del Proyecto Invisible antes de que sea tarde. Y si algún remanente sigue en pie, asegúrense de que desaparezca para siempre, empezando por María y sus aliados."

Mientras la reunión se disolvía, los asistentes se retiraban en silencio, sabiendo que habían sellado un destino oscuro para todos los involucrados. Afuera de la sala, Julián Valdés y su hermano Alejandro intercambiaron una mirada llena de complicidad y desprecio.

Alejandro, con una voz baja y maliciosa, murmuró:

"La historia la escriben los vencedores, Julián. Y nosotros, no perderemos."

A medida que la puerta de la sala se cerraba, quedaba en el aire la sensación de que, en el fondo, lo que más les aterraba no era el descubrimiento de los experimentos ni la existencia de los Invisibles. Había algo más, algo oculto en los informes clasificados que no habían compartido ni siquiera con todos los presentes. Un secreto tan oscuro que incluso ellos temían que María lograra descubrirlo.

Más tarde esa misma noche

La oficina de Valdés estaba sumida en la penumbra, con apenas un resplandor frío proveniente de las pantallas que mostraban el centro comercial. Valdés se reclinó en su silla de cuero negro, la atmósfera cargada de una tensa expectativa. El teléfono sonó, rompiendo el silencio con un timbre que reverberó en la habitación. Con un gesto calculado, Valdés levantó el auricular.

La voz de Perico se escuchó al otro lado de la línea, firme y segura.

—"Jefe, el centro comercial está completamente asegurado. Los rehenes están en sus lugares y los Invisibles defectuosos también han sido posicionados como usted lo indicó hace algunas semanas atrás."

Un leve destello de satisfacción cruzó el rostro de Valdés. Sus labios se curvaron en una sonrisa apenas perceptible mientras asimilaba la noticia.

—"Excelente. No importa cuánto tiempo haya tomado, lo crucial es que todo esté en orden. El centro comercial está preparado para un evento que desafiará todas las expectativas. Quiero que los rehenes permanezcan bajo estricta vigilancia y que la preparación para mi intervención en la transmisión esté completa."

—"Todo ha sido meticulosamente coordinado. Las medidas de seguridad están implementadas y la transmisión está lista para cualquier contingencia."

El eco de la voz de Perico llenó el silencio de la oficina mientras Valdés se inclinaba hacia adelante, su rostro iluminado por la luz fría de la pantalla. La intensidad en sus ojos reflejaba el peso del momento.

—"Muy bien. La precisión en cada detalle será crucial. No debe haber fallos. En cualquier momento, el mundo entero será testigo de un evento monumental. Debemos seguir el plan sin desviaciones."

—"Entendido, jefe. Todo está bajo control. Estoy preparado para manejar cualquier eventualidad."

—"Así me gusta. La vigilancia debe ser constante y rigurosa. No podemos permitirnos errores. El despliegue será exacto y la historia se escribirá como la hemos diseñado."

Con un clic firme, Valdés colgó la llamada. El sonido del auricular resonó en el silencio de la oficina mientras su mirada volvía a la pantalla. Las imágenes del centro comercial parecían respirar en una calma inquietante. Valdés, con una última observación calculada, se preparó para su intervención en la transmisión, consciente de que el momento decisivo estaba a punto de llegar.

Capítulo 8:

Movimientos en las Sombras

La lluvia golpeaba suavemente el asfalto mientras un grupo de sombras se deslizaba por los callejones adyacentes al edificio gubernamental. La misión era clara: acceder a los archivos más secretos y exponer la verdad detrás de los Invisibles Oscuros. María, Javier, Sombra, Daniel y el resto del equipo sabían que no había margen para el error. Cualquier fallo podría costarles la vida.

María lideraba la operación con una precisión implacable. Cada paso estaba calculado, cada respiro, controlado. La tensión en el aire era palpable, pero nadie podía permitirse mostrar temor.

Punto de Entrada – El Muro Blindado

El equipo llegó a una sección reforzada del muro que rodeaba el edificio. Allí, Sombra demostró por qué era considerado uno de los mejores hackers y expertos en tecnología. Con movimientos fluidos, colocó un dispositivo que comenzó a desactivar la red eléctrica que alimentaba las cámaras de seguridad y los sensores de movimiento. Los ojos de Sombra brillaban con intensidad mientras manipulaba el panel, su respiración en perfecta sincronía con el pulso de los cables.

"Listo," murmuró, al tiempo que las luces de seguridad titilaban y se apagaban. El camino estaba despejado.

Javier tomó la delantera para coordinar la evasión de los guardias. Había memorizado sus patrones de patrullaje, analizando cada detalle con su aguda mente. Sabía exactamente cuándo y dónde moverse para evitar ser detectados.

"Ahora," susurró con precisión. El grupo avanzó en perfecta sincronía, deslizándose entre las sombras como fantasmas. Los guardias no sospechaban que, a pocos metros, había un equipo que estaba a punto de exponer uno de los secretos mejor guardados del país.

A pesar de ser uno de los miembros menos experimentados del equipo, Daniel tenía un talento natural para moverse sin ser detectado. Sus pasos eran ligeros, casi inaudibles. Al llegar a un punto crítico donde debían atravesar un pasillo controlado por sensores de presión, fue Daniel quien identificó la forma más segura de hacerlo. Utilizando su agilidad, desactivó los sensores temporales, permitiendo al equipo avanzar sin activar ninguna alarma.

Al llegar a la puerta que conducía a los servidores, Sombra se encontró con un sistema de seguridad de última generación. Ningún código convencional funcionaría allí. Sin embargo, Sombra había anticipado esto. Sacó un dispositivo modificado que funcionaba como una "llave maestra". Con una precisión quirúrgica, manipuló la encriptación, desbloqueando la puerta con un leve "clic".

"Como robarle un caramelo a un niño," comentó Sombra con una sonrisa satisfecha.

Mientras el equipo avanzaba hacia los servidores, María mantenía su mente en alerta, analizando constantemente el entorno. Sabía que en operaciones como esta, un solo descuido podía poner en peligro a todos. Su habilidad para leer la situación en tiempo real y ajustar el plan era lo que les daba una ventaja crítica. A medida que se acercaban al objetivo, María sentía una creciente sensación de inquietud. Sabía que estaban a punto de descubrir algo que cambiaría el juego para siempre.

Una vez dentro de la sala de servidores, Sombra comenzó a descargar la información mientras los demás vigilaban la entrada. A medida que los datos se transferían, las pantallas mostraban imágenes y documentos que hicieron que el equipo contuviera la respiración: los Invisibles Oscuros eran algo mucho más antiguo de lo que habían imaginado. Sus habilidades de transformación en colosales monstruos oscuros, invisibles a voluntad, y su influencia a lo largo de la historia eran aterradoras.

El equipo miraba las imágenes de estos seres, ocultos en la historia como armas secretas en conflictos pasados, desde revoluciones hasta guerras silenciosas. Lo más inquietante era la revelación de que estos monstruos habían sido reclutados y creados durante siglos, no por casualidad, sino por una agenda cuidadosamente diseñada por la corporación, bajo la dirección del gobierno colombiano. Cada cierto tiempo, se realizaba una selección secreta de soldados y civiles para convertirlos en estos seres oscuros y controlarlos para cumplir objetivos ocultos.

"Es un ciclo," dijo María, rompiendo el silencio. "Cada generación, reclutan nuevos soldados para convertirlos en monstruos y usarlos como peones en su juego."

Mientras la descarga de información terminaba, el equipo sabía que habían apenas arañado la superficie de una conspiración que abarcaba más de lo que imaginaban. Valdés, Alejandro Valdés, no solo estaba detrás de la operación actual, sino que su familia había sido parte de este siniestro plan durante generaciones. La conexión con el gobierno y la corporación era más profunda de lo que esperaban.

"Tenemos lo que necesitamos, pero esto es solo el principio," dijo Javier, con una mirada oscura. "Ahora sabemos quiénes son los verdaderos enemigos, y no vamos a detenernos hasta desenmascararlos por completo."

El equipo se retiró con cautela, sabiendo que lo que acababan de descubrir era tan peligroso como revelador. Afuera, la noche seguía siendo oscura, pero ahora ellos tenían la chispa que podría iluminar la verdad... y prender fuego al sistema.

Capítulo 9:
Ecos de la Rebelión

Desde su escondite temporal, María y Javier seguían con atención las noticias de las acciones de los Invisibles. Cada operación exitosa fortalecía su causa, y la población empezaba a verlos como héroes anónimos, luchando por la justicia.

"Están haciendo un trabajo increíble," comentó Javier, observando las imágenes de las protestas que estallaban en todo el país. "Esto está creciendo más rápido de lo que esperábamos."

María, aunque esperanzada, se mantenía cauta. "Esto también los hace más peligrosos. Cuanto más nos acerquemos a desmantelar esta red, más intensamente intentarán detenernos."

En ese momento, recibieron un mensaje cifrado de Sombra. "Necesitamos reunirnos. Hay algo que deben ver."

María y Javier se dirigieron al punto de encuentro, un refugio subterráneo en un antiguo almacén en las afueras de la ciudad. Al llegar, encontraron a Sombra y a varios otros miembros de los Invisibles, todos con expresiones serias.

Sombra les mostró un nuevo conjunto de documentos, obtenidos durante su última operación. "Esto va más allá de Valdés. Hay conexiones con redes criminales internacionales, tráfico de armas y personas. Y lo peor de todo, lo que ya sabíamos: los Invisibles Oscuros son una fuerza devastadora, capaces de transformarse en gigantes aterradores. Son el arma de ataque más poderosa de Valdés y los corruptos. La pregunta es, ¿por qué no los han desplegado todavía? Esto es mucho más grande de lo que pensábamos."

María examinó los documentos, sintiendo una mezcla de asombro y repulsión. "Si esto sale a la luz, podría provocar una crisis global. Necesitamos aliados, y necesitamos actuar rápido."

El silencio en el refugio subterráneo se volvió casi palpable mientras María y Javier se quedaban solos en la sala de operaciones, repasando los planos del edificio enemigo. Las luces parpadeaban levemente, proyectando sombras inquietantes en las paredes.

De repente, Sombra volvió a entrar en la habitación, llevando consigo un pequeño dispositivo electrónico. "He encontrado algo," dijo, colocando el dispositivo en la mesa. "Es un mensaje codificado, pero logré descifrarlo parcialmente."

María y Javier se inclinaron para ver mejor. La pantalla mostraba una serie de coordenadas y una fecha. "Esto parece indicar un lugar y un momento específico," comentó Javier, frunciendo el ceño. "Pero, ¿qué significa?"

Sombra apretó algunos botones, y una serie de imágenes borrosas apareció. "No estoy seguro, pero parece ser una reunión clandestina. Algo importante va a suceder aquí."

María frunció el ceño. "Necesitamos más información. No podemos arriesgarnos a ir sin saber a qué nos enfrentamos."

Sombra asintió. "Estoy trabajando en obtener más datos, pero tomará tiempo."

Mientras discutían las posibles implicaciones, el tema de la red se profundizó. Sombra mostró cómo esta organización ha manipulado eventos históricos que afectaron a varios países, desde crisis económicas hasta movimientos geopolíticos estratégicos. "Si logramos exponer la verdad, muchos países se darán cuenta de que han sido marionetas de esta corporación sin siquiera saberlo," dijo Sombra con voz grave.

María reflexionó. "Eso podría llevarnos a un punto de no retorno. Si otros gobiernos descubren esto, no se quedarán de brazos cruzados. Podrían ver esto como una amenaza existencial."

Javier asintió, con una preocupación visible. "Imagina lo que ocurriría si algún país decide atacar Colombia para eliminar esta amenaza. Sería una reacción en cadena. Por ejemplo, si un país vecino como Venezuela se sintiera amenazado y decide intervenir, otros aliados como Rusia o China podrían involucrarse para proteger sus intereses en la región. Y eso solo llevaría a una escalada, con potencias occidentales respondiendo para equilibrar la balanza."

María frunció el ceño, comprendiendo la gravedad de la situación. "Eso sería el inicio de una guerra global. Por eso, necesitamos jugar esto con sumo cuidado."

El ambiente en la sala se tensó aún más, mientras cada uno ponderaba las posibles ramificaciones. La revelación de la red y su implicación en la historia reciente no solo afectaría a Colombia, sino que podría desatar un conflicto mundial. Cada decisión que tomaran a partir de ahora debía calcularse minuciosamente.

Transmisión Inesperada – Presente

De repente, las luces parpadearon y todas las pantallas del refugio en el almacén se encendieron al unísono, mostrando la imagen de Valdés en una transmisión en vivo. Su rostro se veía sereno, pero sus ojos destilaban un odio intenso. Valdés, estaba en libertad gracias a sus influencias.

"Buenas noches, ciudadanos," comenzó Valdés con una voz que resonó por todo el país. "Soy consciente de que muchos de ustedes me consideran el villano de esta historia. Hoy, voy a aceptar mi papel."

Valdés sonrió fríamente mientras la cámara se acercaba más a su rostro. "Sí, soy culpable de todo lo que se ha revelado y más. Pero no soy alguien que perdone una humillación tan fácilmente. María," dijo, su tono goteando veneno, "sé que estás viendo esto. Y quiero que sepas que tú eres la causa de todo el caos que vive este país."

El Ultimátum de Valdés

La transmisión comenzó de manera repentina, tomando por sorpresa a todos los que estaban viendo sus dispositivos. En un instante, Valdés apareció en pantallas de televisores, teléfonos, computadoras y hasta en los gigantescos paneles de publicidad de las ciudades. Desde taxis hasta trenes, desde bares hasta moteles, la imagen de Valdés invadía cada rincón de la vida diaria, y su voz resonaba como una amenaza omnipresente.

"Quiero que te presentes en mi mansión, María," ordenó Valdés, "donde estarás rodeada por mis guardias de seguridad. Allí, tendrás que hacer lo que te diga, en vivo, ante todo el mundo."

La voz de Valdés se volvió aún más siniestra. "Quiero que tengamos sexo conmigo en una transmisión en vivo y a todo color. María. Quiero que todos vean cómo la mujer que intentó destruirme se somete ante mí. Si no lo haces, estos rehenes pagarán el precio con sus vidas. Mataré uno cada diez minutos, lo que nos da como resultado seis rehenes muertos por cada hora. Si te demoras dos horas, doce inocentes habrán muerto por tu culpa. Tres horas, dieciocho vidas perdidas. ¿Ves, María? El tiempo no está de tu lado."

Las palabras de Valdés eran como un veneno que se propagaba rápidamente. Las reacciones no tardaron en llegar. En bares y restaurantes, la gente se arremolinaba alrededor de las pantallas, sus expresiones oscilando entre la incredulidad y la expectación morbosa. En las calles, grupos de personas se detenían para mirar las pantallas gigantes, murmurando entre ellos. Las redes sociales estallaron con una avalancha de comentarios, hashtags y apuestas.

"¿Creen que María se presentará?", preguntó un hombre en un bar, su tono más de curiosidad morbosa que de preocupación genuina. "Yo digo que sí. Está atrapada sin salida."

"No lo hará," replicó otro, agitando su vaso de cerveza. "María es una luchadora. No se someterá a ese monstruo."

Las apuestas comenzaron a surgir en las calles y en las redes. Algunos apostaban a que María se rendiría y se presentaría en la mansión de Valdés, mientras que otros estaban convencidos de que ella encontraría otra manera de enfrentarse a la situación. Las discusiones se volvieron acaloradas, dividiendo a la gente en dos bandos.

"Valdés está haciendo lo que se necesita," opinó una voz en un café, recibiendo miradas de desaprobación y acuerdo a partes iguales. "Esos Invisibles son aberraciones. Deben ser eliminados."

La ciudad se sumió en un caos mediático. En cada esquina, en cada pantalla, la imagen de Valdés y su ultimátum dominaban las conversaciones. Los comentaristas de noticias ofrecían análisis y predicciones, mientras los programas de opinión se llenaban de invitados que debatían sobre la moralidad y las implicaciones del acto de Valdés. La atmósfera era electrizante y asfixiante al mismo tiempo, cada minuto que pasaba aumentando la tensión.

En una elegante sala de estar, un grupo de cinco profesionales se había reunido para compartir unas copas mientras discutían los últimos acontecimientos. Todos eran intelectuales ajenos al conflicto directo, pero observaban con atención la transmisión de Valdés en las pantallas. La imagen perturbadora de él exigiendo la sumisión pública de María era el detonante de una conversación profunda y cargada de análisis.

El sociólogo, Andrés, fue el primero en romper el silencio. "Este tipo de actos no son simples caprichos de poder", afirmó, mientras giraba su copa de vino entre los dedos. "Lo que Valdés busca es reafirmar su control absoluto. Exige la sumisión pública de María para demostrar que su dominio no tiene límites. Quiere enviar un mensaje claro: nadie, ni siquiera la mayor amenaza contra él, está fuera de su control. Es el poder en su forma más pura y brutal."

Carla, la psicóloga del grupo, asintió mientras meditaba las palabras de Andrés. "Pero aquí hay algo más profundo", añadió, con voz reflexiva. "La solicitud de Valdés no es solo un acto de poder, sino una venganza personal. María lo desafió, lo humilló, y eso lo consume.

No le basta con derrotarla; necesita deshumanizarla, reducirla a un objeto de su odio. Para alguien como él, no se trata de ganar una batalla estratégica, sino de destruir la esencia misma de quien se atrevió a enfrentarlo."

Mónica, la periodista, observó la pantalla con una mezcla de desagrado y profesionalismo. "No podemos ignorar el aspecto mediático de todo esto", intervino. "Valdés sabe que las masas observan con morbo y que el espectáculo es una herramienta poderosa. Convierte su crueldad en entretenimiento, manipulando la percepción pública y generando caos. Todo esto es un gran teatro donde cada detalle está calculado para dividir, para polarizar, para hacer que todos tomen partido. Y es aquí donde él realmente triunfa, al desestabilizar la narrativa."

Raúl, el filósofo, tomó un sorbo de su bebida antes de expresar su opinión. "Estoy de acuerdo, Mónica. De hecho, lo que Valdés está haciendo es orquestar un dilema ético público. María queda atrapada en una trampa imposible: si se somete, pierde su dignidad y su causa; si no lo hace, los rehenes mueren y ella carga con esa culpa. Esto crea una fractura en la sociedad que es mucho más profunda que el mero acto de sometimiento. Valdés entiende perfectamente que, en este tipo de situaciones, el caos social se convierte en una ventaja estratégica."

Laura, la abogada del grupo, frunció el ceño mientras consideraba las implicaciones legales de lo que estaban viendo. "Pero pensemos en su objetivo más amplio: exponer la debilidad de los Invisibles. Este acto, aunque parece sádico, tiene un propósito muy claro. Si María acepta, él gana porque muestra que ni siquiera la líder de la resistencia puede escapar de su control. Si ella no lo hace, la culpa y la vergüenza por las muertes recaerán sobre ella y los Invisibles, debilitando su causa. En cualquiera de los casos, Valdés destruye la moral de sus enemigos y refuerza su posición."

Andrés volvió a intervenir, señalando la complejidad de la estrategia. "Es una jugada magistralmente calculada. Valdés no actúa solo por odio o por poder, sino porque sabe que al crear este espectáculo, siembra desconfianza y discordia en todos los niveles. Para él, el caos es una herramienta más eficaz que la fuerza bruta."

Mónica añadió en un tono sombrío: "Y, al final, lo que hace Valdés es un ensayo cruel de hasta dónde puede manipular la moral colectiva. Todo esto revela no solo su carácter, sino la fragilidad del tejido social en tiempos de crisis."

Raúl concluyó, cruzando los brazos con una expresión pensativa. "Es la estrategia del mal absoluto: Valdés juega con la desesperación, la incertidumbre y el morbo para romper a sus enemigos desde dentro, sin necesidad de disparar un solo tiro."

La conversación fluía con una mezcla de fascinación y repulsión, mientras los cinco intelectuales desentrañaban el oscuro propósito detrás de la demanda de Valdés. Sin ser conscientes, habían ofrecido una lectura crítica de la situación que permitía comprender las múltiples capas de maldad que Valdés manejaba con maestría. La tensión en la sala seguía en aumento, reflejando la atmósfera que reinaba en todo el país.

Impacto del Público

Las redes sociales y los medios de comunicación explotaron al instante. La audiencia estaba atónita, dividida entre el horror y la morbosidad. Algunos se indignaban ante la monstruosa petición de Valdés, mientras otros, incapaces de apartar la vista, esperaban con morbosa anticipación.

"Esto es inaudito," tuiteó una figura pública, acumulando miles de retweets y likes. "¡María no debe ceder! ¡No podemos dejar que el mal gane!"

"María, todos estamos contigo," escribió otra persona en Facebook, sus palabras resonando con apoyo y esperanza. Pero no todos los comentarios eran tan solidarios.

"Que se rinda," escribió alguien más. "Es la única manera de salvar esas vidas. A veces, el sacrificio personal es necesario."

Reacción de los Invisibles – Presente

El silencio en el almacén era sepulcral. Todos los presentes se dieron cuenta de la gravedad de la situación. Sombra fue el primero en romper el silencio. "Esto es una trampa. Valdés está desesperado, y esto demuestra que estamos muy cerca de desmantelar su imperio."

María miró a sus compañeros, su expresión reflejando una mezcla de miedo y determinación. "No podemos dejar que gane. Tenemos que encontrar una manera de salvar a esos rehenes y acabar con esto de una vez por todas."

Valdés Continúa

Valdés no terminó allí. "La sangre de estos inocentes manchará tus manos, y el mundo entero verá cómo la heroína se convierte en villana. Todos sabrán que por tu arrogancia y tu desafío, personas comunes y corrientes pagaron con sus vidas."

Sus ojos brillaban con una mezcla de malicia y satisfacción. "¿Crees que puedes escapar de esta situación, María? No hay lugar en el que puedas esconderte. Mis influencias son vastas y mis recursos ilimitados. Mientras tú te aferrabas a una ilusión de justicia, yo construía un imperio en las sombras, listo para aplastarte a ti y a cualquiera que se interponga en mi camino."

Valdés sonrió, una expresión fría y calculadora. "Tu valentía y tus ideales no significan nada frente al poder real. Este es un juego de ajedrez, y yo soy el maestro que controla cada pieza. Ahora, el tiempo corre, María. Cada segundo que pasa acerca a esos rehenes a su fin. Muestra al mundo lo que realmente eres. Ven y arrodíllate ante mí, o prepárate para ver cómo la esperanza se convierte en desesperación."

El Caos Mediático

Mientras Valdés hablaba, las cámaras enfocaban a los rehenes en el centro comercial, capturando sus rostros aterrorizados. Las redes sociales estaban en llamas, con hashtags como #MaríaDebeCeder,

#ValdésElMonstruo y #SalvenALosRehenes dominando las tendencias. Los noticieros interrumpían su programación regular para cubrir en vivo la situación, con panelistas y expertos ofreciendo sus opiniones.

"Esto es una violación de los derechos humanos en su máxima expresión," exclamó un experto legal en un canal de noticias. "Valdés debe ser detenido de inmediato."

Pero otros, más cínicos, veían en esto una oportunidad para María. "Si ella acepta, podría ganar tiempo para que los Invisibles planifiquen un rescate," sugirió un analista táctico.

La ciudad era un hervidero de emociones y opiniones. En cada rincón, la gente discutía apasionadamente sobre la situación, algunos rezando por la salvación de los rehenes, otros apostando por lo que María haría a continuación. La atmósfera estaba cargada de tensión, como una bomba a punto de estallar.

En el almacén, María y su equipo sabían que el tiempo se agotaba. Con cada tic del reloj, la presión aumentaba, y el destino de los rehenes y la moral de todo un país dependían de su próxima jugada.

La Primera Víctima

Valdés no esperó mucho para demostrar que hablaba en serio. Con una señal, ordenó a uno de sus secuaces que matara al primer rehén. Las cámaras enfocaron a un joven de 28 años, apuesto y atlético, pero con una peculiaridad perturbadora: la mitad de su rostro era invisible, dejando al descubierto un vacío donde debían estar su ojo y su mejilla. Otras partes de su cuerpo también presentaban esta extraña invisibilidad parcial, un resultado de los fallidos experimentos de Valdés.

El joven, un Invisible a medias, fue empujado al centro de la pantalla. Su mirada era de puro terror, sus manos atadas detrás de su espalda. Valdés se dirigió directamente a la cámara, con una sonrisa sádica en los labios. "Este es solo el comienzo, María. La sangre de este hombre está en tus manos."

El sonido de un disparo resonó a través de las pantallas, seguido por el grito ahogado del joven. Su cuerpo cayó pesadamente al suelo, con sangre brotando de la herida y creando un charco en el suelo. La imagen del cadáver, con su rostro mitad visible y mitad invisible, quedó grabada en la retina de todos los espectadores.

Las redes sociales explotaron una vez más, con usuarios horrorizados y llenos de indignación. Algunos clamaban por justicia, mientras que otros, cínicos y desensibilizados, simplemente observaban el espectáculo grotesco que Valdés había creado.

María, mirando la escena desde su escondite, sintió una mezcla de ira y desesperación. Sabía que debía actuar rápido, pero cada movimiento debía ser cuidadosamente calculado. Con la vida de tantos inocentes en juego, la próxima jugada sería crucial. El destino de los rehenes, y quizás del país entero, dependía de ella.

El Límite de la Desesperación

En el almacén, María y su equipo estaban al borde del colapso. Los minutos pasaban con una agonizante lentitud, y el peso de la situación parecía aplastarlos. Cada tic del reloj resonaba como un golpe de tambor en el corazón de cada uno, pero fue un grito de horror lo que rompió el silencio tenso.

Un noticiero en vivo mostraba la escena horrenda en el centro comercial, y el rostro de Javier se volvió pálido como el papel. "¡No, no puede ser!" murmuró, su voz temblando mientras miraba la pantalla de televisión que proyectaba la horrenda escena.

En la pantalla, un hombre joven, de unos 28 años, yacía atado a una silla. Su rostro era una visión aterradora: la mitad izquierda estaba completamente invisible, mientras que la derecha, con su piel aún visible, mostraba una expresión de terror absoluto. El hombre estaba herido, con quemaduras y cortes visibles que lo hacían parecer aún más vulnerable. La cámara enfocó su rostro con una frialdad implacable, mostrando claramente su desesperación y miedo.

Un hombre enmascarado, uno de los secuaces de Valdés, se acercó con un cuchillo. Javier, paralizado por el terror y la incredulidad, sintió cómo la angustia se apoderaba de él. Con el cuchillo en la mano, el secuaz de Valdés procedió a cortar lentamente la cuerda que ataba al rehén, antes de acabar con su vida con un movimiento brutal y definitivo. La sangre manó libremente mientras el rehén trataba de gritar, un grito que fue silenciado por la violencia del acto.

La cámara se movió para mostrar la identificación del rehén, revelando el nombre: "Samuel Ortega". Javier se desplomó en su asiento, su rostro contorsionado por una mezcla de horror y dolor. Samuel no era otro que su hermano menor, a quien había creído a salvo en la universidad en California. La noticia de su muerte era una bofetada cruel de la realidad, una prueba brutal de que Valdés no solo era un enemigo despiadado, sino que también tenía una habilidad inquietante para atacar donde más dolía.

Javier, quebrado por el impacto, sintió que el mundo se desmoronaba a su alrededor. La revelación lo hizo estallar en lágrimas, y el dolor personal se mezcló con una furia indescriptible. La culpa y la rabia se arremolinaban en su interior, dándole un impulso devastador. Ya no se trataba solo de salvar a los rehenes o de vencer a Valdés; era una cuestión de venganza personal y justicia.

La noticia de la muerte de Samuel se propagó rápidamente por las redes sociales y medios de comunicación. La gente estaba dividida: algunos aplaudían la determinación de Valdés y su capacidad para imponer su voluntad, mientras otros se horrorizaban ante la brutalidad de sus acciones. Las apuestas sobre el desenlace de la confrontación entre María y Valdés se multiplicaban, y la sociedad se encontraba en un caos mediático sin precedentes.

La desesperación y el dolor de Javier lo llevaron a un punto de quiebre. La muerte de su hermano se convirtió en una llama ardiente que impulsó su determinación. Con un corazón lleno de furia y una mente decidida a la venganza, Javier se preparó para enfrentar a Valdés con una intensidad que nunca había experimentado antes. Esta tragedia personal había transformado su misión, dándole una motivación aún más poderosa para destruir al hombre que le había arrebatado lo que más amaba.

Capítulo 10:
Memorias del Pasado

M aría encontró a Javier en una esquina del almacén, su rostro reflejaba una mezcla de dolor y desesperación. Sin decir palabra, lo tomó de la mano y lo llevó a una habitación más privada. Sabía que necesitaba un momento a solas para procesar la pérdida de su hermano.

"Javier," dijo suavemente, "necesitas tomarte un respiro. Hablemos."

Él asintió, sus ojos llenos de lágrimas contenidas. Se sentaron en una vieja silla, y María comenzó a hablar, intentando distraerlo del dolor inmediato.

"¿Recuerdas cuando éramos novios?" preguntó, una sonrisa melancólica apareciendo en sus labios. "Solíamos pasar tanto tiempo juntos, saliendo con Samuel. Él siempre quería estar con nosotros."

Javier asintió, sus pensamientos retrocediendo a tiempos más felices. "Sí, cómo olvidar las noches en la ruleta rusa, siempre apostando quién sería el primero en marearse."

"Y las fiestas de cumpleaños," continuó María, "bailando hasta el amanecer, riendo y disfrutando de la vida. Samuel siempre se mostraba feliz, realmente disfrutaba la vida"

Los recuerdos comenzaron a fluir más fácilmente, como un bálsamo para su dolor. "La playa," añadió Javier, "esas tardes soleadas en las que nos tumbábamos en la arena, Samuel corriendo alrededor, hablando de sus sueños de viajar al extranjero y estudiar algo increíble."

María sonrió, recordando la pasión del pequeño Samuel. "Siempre decía que quería estudiar bioingeniería avanzada. Soñaba con cambiar el mundo."

"Sí," respondió Javier, su voz quebrándose un poco. "Siempre fue especial. Incluso de niño, tenía una visión tan clara de su futuro."

Se quedaron en silencio por un momento, recordando esos días felices. La carrera de María los había separado cuando ella decidió estudiar periodismo investigativo en el extranjero, alcanzando el más alto nivel académico en su campo. Mientras tanto, Javier había continuado con sus estudios de informática, convirtiéndose en un experto.

"Cuando regresé hace seis años," dijo María, "me alegró tanto reencontrarme contigo. Aunque nuestras vidas habían tomado rumbos diferentes, nuestra amistad siempre permaneció intacta."

Javier asintió. "Sí, fue como si el tiempo no hubiera pasado. Me sentí alegre cuando me pediste ayuda con la investigación. Sabías exactamente lo que necesitábamos para desentrañar toda esta corrupción."

María suspiró, sintiendo el peso de la situación actual. "Lo hice porque confío en ti, porque sabía que juntos podíamos hacer la diferencia."

El reloj seguía avanzando, cada minuto acercándolos más a la amenaza de Valdés. María sabía que necesitaban volver al presente, pero quería asegurarse de que Javier estuviera listo.

"Javier," dijo con firmeza, "necesitamos seguir adelante. Samuel habría querido que lucháramos por lo que es justo. No podemos dejar que Valdés gane."

Javier tomó una profunda respiración, asintiendo. "Tienes razón. No podemos rendirnos ahora."

Mientras regresaban al grupo, la tensión en el aire era palpable. El ultimátum de Valdés seguía resonando, y los minutos continuaban pasando. El destino de los rehenes y el futuro de su causa estaban en juego.

El mundo seguía observando, y cada segundo contaba.

Capítulo 11:
Conexiones Peligrosas

María se puso de pie frente al grupo de Invisibles reunidos en el almacén. Sus rostros reflejaban cansancio, miedo e incertidumbre, pero también una chispa de determinación que ella sabía que debía avivar. Con la voz firme y los ojos encendidos de convicción, les habló:

"Todos ustedes han demostrado ser valientes al llegar hasta aquí, enfrentando el peligro y el caos que ha desatado Valdés. Pero ahora es el momento de ir más allá de solo resistir. Es el momento de organizarnos, de unirnos como un verdadero frente. Ya no se trata solo de sobrevivir, se trata de luchar por justicia y destruir a esa corporación que ha convertido nuestras vidas en un infierno."

Hubo murmullos de aprobación en el grupo. María aprovechó la energía creciente para seguir:

"Quiero que se enfoquen en esta misión. Formemos células de resistencia que puedan actuar de manera coordinada. Busquen contacto con aquellos que estén dispuestos a unirse a nuestra causa. No se preocupen por mí. Javier, nuestros aliados y yo nos encargaremos de idear un plan para presentarnos en la mansión de Valdés cuando llegue el momento. Nuestra prioridad es tumbar su estructura corrupta y liberar a los rehenes sin ceder ante sus demandas. Pero para eso, necesitamos que ustedes mantengan la lucha activa en todas partes."

María sabía que la clave para mantener la moral era darles un objetivo claro, algo tangible por lo que pelear. Sus palabras resonaron en la mente de cada uno, encendiendo la chispa que necesitaban para seguir adelante.

Con la visión clara, el grupo de Invisibles comenzó a coordinar sus esfuerzos. Contactaron a varias organizaciones internacionales de derechos humanos y seguridad, buscando apoyo y protección para continuar con la lucha. Al mismo tiempo, establecieron conexiones con periodistas y activistas de otros países, creando una red global de resistencia contra la corrupción y el abuso de poder.

Desde su nueva base de operaciones, María, Javier y Daniel trabajaron sin descanso, organizando la difusión de información y planificando nuevas acciones. María sabía que el tiempo era crucial. Cada día que pasaba, Valdés ganaba terreno en su intento por desestabilizar su movimiento, pero ellos estaban decididos a seguir adelante, ahora con un objetivo más claro y una mayor coordinación.

Mientras los Invisibles se preparaban para la batalla, María y sus más cercanos aliados delineaban el plan definitivo. Sabían que la confrontación con Valdés sería inevitable, y que tendrían que estar preparados para cualquier escenario. No importaba cuán oscuro se volviera el panorama, María estaba lista para enfrentar lo que fuera necesario con tal de derribar el imperio de Valdés y darles a los suyos la justicia que tanto ansiaban.

En ese preciso momento, la tensión alcanzaba su punto máximo. Valdés acababa de asesinar a la cuarta víctima. El tiempo continuaba implacable y María y su equipo aún no habían ideado una estrategia. La presión sobre ellos era abrumadora. María se encontraba entre la espada y la pared, enfrentando una decisión crucial.

"Tenemos dos opciones," dijo María, su voz cargada de desesperación. "O voy y hago lo que Valdés pide, o encontramos otra forma de salvar a los rehenes."

Javier se opuso vehementemente. "No puedes hacer eso, María. No podemos caer en su juego. Si vas, no hay garantía de que te deje con vida después de ese acto tan exhibicionista."

Daniel, siempre pragmático, agregó: "Además, ceder a sus demandas no garantiza nada. Podría matarte después de conseguir lo que quiere, y seguir con su masacre."

El dilema era claro y devastador. Mientras discutían sus opciones, la sociedad se sumía en una confusión total. Las noticias y las redes sociales estaban saturadas de opiniones divididas. Algunos apoyaban fervientemente a los Invisibles y la causa de María, viéndola como una heroína que luchaba contra la tiranía. Otros, sin sentido de moralidad, aplaudían a Valdés, considerándolo un justiciero implacable. Y luego estaban los morbosos, aquellos que esperaban con ansias ver el espectáculo grotesco que prometía Valdés.

La ciudad era un caos. En las calles, bares, restaurantes, taxis y trenes, la gente no hablaba de otra cosa. Las pantallas de televisión en tiendas y edificios mostraban continuamente la transmisión en vivo. Algunos apostaban que María cedería y tendría sexo con Valdés en público; otros estaban convencidos de que no se presentaría. El debate era acalorado y las opiniones, virulentas.

"¡Es su culpa que estos rehenes estén muriendo!" gritaban algunos comentaristas en los noticieros en vivo. "Si no toma una decisión, más inocentes morirán. ¿Qué tipo de líder es incapaz de actuar cuando se necesita?"

Los doblemoral la atacaban sin piedad. "María es la causante de todo este caos. Si ella no hubiera comenzado esta cruzada, estas personas no estarían en peligro."

El ambiente era irrespirable. Cada segundo que pasaba, la situación se volvía más desesperante. María sentía el peso del mundo sobre sus hombros, sabiendo que cualquier decisión que tomara tendría consecuencias devastadoras.

El reloj seguía avanzando, y la amenaza de Valdés se hacía más real con cada minuto. La tensión era palpable, y la moral del equipo pendía de un hilo.

De repente, un grito rompió el silencio. "¡Valdés ha matado a otro!" La noticia llegó como un golpe. La quinta víctima había sido ejecutada sin piedad. La transmisión en vivo mostraba el acto brutal, una escena que helaba la sangre. "Es una mujer joven," informó el periodista con voz temblorosa. "Aparentemente, uno de los Invisibles a medias. Mitad de su cara es invisible, pero el resto es claramente visible. Tenía solo 24 años."

La imagen de la rehén, joven y apuesta, con la mitad de su rostro desvanecida en la invisibilidad, se grabó en la mente de todos. Su muerte era un recordatorio escalofriante de la brutalidad de Valdés y la urgencia de la situación.

María sentía el peso del mundo sobre sus hombros. En el almacén, los minutos seguían pasando, y la amenaza de Valdés estaba más activa que nunca. El reloj avanzaba inexorablemente, acercándose a otro fatídico punto en el que una vida más podría ser arrebatada.

Javier se levantó y comenzó a caminar de un lado a otro, su rostro reflejando una mezcla de ira y desesperación. "No puedo soportar esto. No puedo dejar que Valdés se salga con la suya."

"Tenemos que idear algo rápido," dijo María, su voz apenas un susurro. "No podemos permitir que más personas mueran por nuestra causa."

Entonces, Javier se volvió hacia ella con una expresión que María no había visto en mucho tiempo. Una determinación feroz brillaba en sus ojos. "María, no tienes que hacerlo sola. Iremos juntos. Ya tengo el plan perfecto"

La ciudad seguía expectante, el caos mediático incrementándose con cada minuto que pasaba. Las apuestas y los comentarios seguían inundando las redes, mientras los noticieros en vivo continuaban alimentando el sensacionalismo de la situación.

Y así, mientras el mundo observaba con una mezcla de horror y anticipación, María y Javier se preparaban para enfrentar la propuesta de Valdés, sin saber que este enfrentamiento llevaría a un desenlace que nadie esperaba.

Capítulo 12:
El Viaje a lo Desconocido

Esa misma tarde, mientras elaboraban los planes, María recibió una llamada urgente de Marta. "María, algo grande está sucediendo. Hay rumores de una operación masiva para silenciar a todos los que están involucrados en esto. Tengo entendido que muchos políticos y altos mandos están ejecutando acciones a favor de Valdés y han iniciado una cacería de todos los invisibles defectuosos con fines aún desconocidos. Necesitan moverse ahora."

La advertencia de Marta los puso en alerta máxima. Sabían que los enemigos con tal de ayudar a Valdés y evitar que sus nombres salieran a luces estaban dispuestos a contraatacar con toda su fuerza. Entonces, María y su grupo, decidieron dispersarse temporalmente, asegurándose de que cada miembro de su equipo tuviera copias de seguridad de los documentos cruciales y un plan para mantenerse a salvo.

Mientras María y Javier conducían por la carretera hacia la mansión de Valdés, la ciudad a su alrededor se transformaba en un campo de batalla. Las calles, casas y edificios estaban sumidos en el caos. Los invisibles defectuosos, con partes de sus cuerpos visibles y otras no, eran perseguidos y capturados sin piedad. Hombres, mujeres y niños, con extremidades desvanecidas o rostros parcialmente invisibles, eran subidos a enormes camiones blindados mientras los golpeaban sin compasión.

María miraba por la ventana, con el corazón encogido. Vio a un hombre joven, apuesto, de unos 28 años, con una mitad de su cara invisible. Intentaba proteger a una niña pequeña, cuyo brazo era completamente transparente. Un grupo de soldados los rodeaba, golpeándolos sin piedad antes de subirlos a un camión.

Javier apretó el volante, sus nudillos blancos de la tensión. "No puedo creer lo que está pasando," murmuró. "Esto es una locura."

María asintió, sus ojos llenos de lágrimas mientras observaba la devastación. En una esquina, una mujer gritaba mientras intentaba proteger a su hijo, quien tenía la mitad del cuerpo invisible. Los soldados la apartaron con violencia, arrastrando al niño hacia un camión blindado. María sintió una punzada de dolor en el corazón, y apretó los puños con impotencia.

Más adelante, una pandilla de civiles enfurecidos atacaba a un grupo de invisibles defectuosos, arrojándoles piedras y golpeándolos con palos. Algunos ciudadanos intentaban intervenir, creando una caótica batalla campal en medio de la calle. Los gritos de desesperación y los sonidos de la violencia resonaban en el aire, mezclándose con las sirenas y los disparos.

"¡Mira allá!" exclamó Javier, señalando hacia un edificio en llamas. A través del humo, pudieron ver a una familia de invisibles defectuosos siendo sacada a la fuerza de su hogar. Las llamas reflejaban en las partes visibles de sus cuerpos, creando una escena surrealista y aterradora.

María comenzó a sentir una creciente sensación de protección proveniente de Javier. Su presencia, su firmeza al volante y su determinación inquebrantable le daban fuerzas. Aunque el caos a su alrededor era abrumador, sentía que no estaba sola. Javier estaba a su lado, enfrentando el mismo peligro, y eso le daba un pequeño resquicio de esperanza.

Los recuerdos de su pasado juntos se entrelazaban con el presente. Habían sido novios años atrás, compartiendo aventuras y sueños. Ahora, en medio de la crisis, esas viejas emociones comenzaban a resurgir. La cercanía y el apoyo de Javier despertaban sentimientos que María había enterrado hace mucho tiempo.

"Tenemos que detener esto, Javier. No podemos dejar que Valdés siga con su plan," dijo María con determinación.

Javier la miró, sus ojos llenos de resolución. "Lo haremos, María. Lo haremos juntos."

A medida que se acercaban a la mansión de Valdés, la cantidad de soldados aumentaba. Las barricadas y puntos de control eran más frecuentes, y la tensión en el aire era palpable. Javier y María sabían que estaban entrando en la boca del lobo, pero no tenían otra opción. Hasta ese momento ya habían transcurrido dos horas, lo que se podía traducir en doce rehenes muertos.

Mientras tanto en el Centro comercial

El aire dentro del centro comercial estaba impregnado de un silencio pesado, roto solo por los sollozos y el murmullo tembloroso de las súplicas. Las tiendas, normalmente vibrantes y llenas de vida, ahora se veían abandonadas, con las persianas metálicas cerradas y los escaparates rotos. Las luces parpadeaban, lanzando sombras largas y distorsionadas en los pasillos vacíos, donde antes se paseaban familias y grupos de amigos.

Los rehenes estaban apiñados en la plaza central, donde alguna vez hubo una fuente decorativa. Ahora, la misma área estaba manchada de sangre seca y cercada por las brutales figuras de los hombres de Valdés. Con sus armas en alto, se mantenían vigilantes, sus ojos fríos y calculadores. Para ellos, esto no era más que una operación. No mostraban ningún rastro de piedad ni humanidad, obedeciendo ciegamente las órdenes que se les habían dado: matar uno cada diez minutos si María no aparecía.

El terror era palpable. Los rehenes, un mosaico de gente común, algunos Invisibles defectuosos y hasta niños pequeños, estaban sumidos en el pánico. Rostros desencajados, manos temblorosas, miradas suplicantes que se clavaban en las cámaras que transmitían en vivo la carnicería para todo el país. Entre ellos, los más valientes trataban de consolar a quienes lloraban desconsoladamente, aunque su propia voz también traicionaba el miedo.

De repente, uno de los hombres de Valdés se adelantó, sacando a un joven de entre la multitud. Su mirada estaba perdida, como si ya hubiera aceptado su destino. Los gritos de su madre rompieron el silencio. "¡No! ¡Por favor, no lo maten! ¡Él no ha hecho nada!" Su voz se quebró en un alarido desgarrador, pero nadie la escuchó. El disparo resonó como un trueno, y el cuerpo del muchacho se desplomó al suelo. Los lamentos llenaron la atmósfera, mezclándose con la desesperación colectiva.

El terror crecía con cada minuto que pasaba. Algunos rehenes, vencidos por el pánico, comenzaron a gritar hacia las cámaras, rogándole a María que se rindiera. "¡María, por favor! ¡No nos dejes morir! ¡Ven y haz lo que Valdés pide! ¡Sálvanos!" Sus voces eran ásperas por el llanto, sus cuerpos sacudidos por sollozos incontrolables. Parecían casi delirantes, aferrándose a una última esperanza, sin importarles la humillación o el sacrificio que eso significara para ella.

Pero no todos compartían ese deseo. En un rincón, un pequeño grupo de Invisibles defectuosos, hombres y mujeres con cicatrices tanto visibles como ocultas, murmuraban con rabia. "¡No lo hagas, María!" gritó uno de ellos con los ojos encendidos por la desesperación y la impotencia. "¡No vale la pena! ¡No te rindas a ese monstruo! ¡Es lo que él quiere! ¡Preferimos morir antes que verte doblegarte ante él!"

El ambiente estaba cargado con la tensión de una desesperación colectiva. Los gritos de súplica se mezclaban con las protestas llenas de rabia. La situación era un infierno viviente, un teatro de crueldad transmitido al mundo entero como una burla grotesca de lo que alguna vez fue un refugio de la vida cotidiana.

En medio de la multitud, una madre abrazaba con fuerza a su hijo pequeño, intentando bloquear la vista de los cadáveres que se iban acumulando, cubiertos solo por mantas sucias. "Cierra los ojos, mi amor, no mires," susurraba, pero el niño no dejaba de temblar, susurrando entre dientes: "¿Vamos a morir, mamá? ¿Vamos a morir?"

El caos era absoluto. Algunos rehenes comenzaron a perder la cordura, rascándose la piel hasta sangrar, o riendo de manera histérica. Otros simplemente se desplomaron, con la mirada fija en el vacío, como si hubieran dejado de luchar contra la realidad atroz que les rodeaba.

Los hombres de Valdés permanecían imperturbables, como si todo lo que ocurría fuera solo un trámite. Uno de ellos, de aspecto particularmente cruel, se paseaba entre los rehenes, eligiendo a su próxima víctima con una indiferencia escalofriante. Cada diez minutos, otro cuerpo caía, y el ciclo de terror se renovaba. Los ojos de los rehenes se llenaban de pánico cuando el reloj avanzaba, conscientes de que el tiempo se agotaba, de que la próxima bala podía ser para ellos.

La angustia en el centro comercial se sentía como una entidad viva, una sombra densa que oprimía a todos los presentes. La desesperanza y el miedo convertían cada segundo en una agonía insoportable, mientras el destino de todos los presentes dependía de una mujer, una sola decisión que podría destruir todo lo que quedaba de su dignidad o condenarlos a una muerte segura.

La situación estaba en un punto de no retorno. Cada susurro, cada grito y cada súplica resonaban en las cámaras, enviando una única y macabra verdad: el tiempo se acababa y la humanidad de todos allí pendía de un hilo.

Capítulo 13:
En la Boca del Lobo

Finalmente, llegaron a la entrada de la mansión. Los guardias los detuvieron y revisaron sus identificaciones antes de dejarlos pasar. Mientras entraban, María sintió un escalofrío recorrer su cuerpo. Sabía que lo que estaba a punto de hacer era arriesgado, pero no podía permitir que Valdés continuara con su reinado de terror.

"Recuerda el plan," murmuró Javier mientras caminaban hacia la entrada principal. "No te separes de mí."

María asintió, tratando de mantener la calma. "No lo haré. Vamos a acabar con esto juntos."

Al cruzar el umbral de la mansión, María y Javier sabían que el destino de los invisibles defectuosos, y quizás de toda la ciudad, dependía de ellos. El enfrentamiento final con Valdés estaba por comenzar, y no había margen para el error.

Mientras avanzaban por el pasillo principal, las cámaras instaladas por Valdés seguían cada uno de sus movimientos. La mansión estaba decorada de manera opulenta, con una gran cama en el centro de la sala principal, rodeada por luces y cámaras listas para transmitir en vivo. Valdés esperaba con una sonrisa arrogante en su rostro.

"Bienvenidos, María y Javier," dijo Valdés con un tono burlón. "Esto será todo un espectáculo."

María dio un paso adelante, con la mirada fija en Valdés. "No tienes idea de lo que estás haciendo, Valdés. Esto termina hoy."

Valdés soltó una carcajada. "¿De verdad crees que puedes detenerme? Tengo el control total."

Javier y María se miraron, sabiendo que el momento de la verdad había llegado. Javier apretó la mano de María, dándole fuerzas. "Estamos juntos en esto," le susurró.

María, sintiendo una oleada de determinación, activó discretamente el dispositivo oculto que llevaba. Sabía que la transmisión en vivo no solo estaba siendo vista por los seguidores de Valdés, sino también por una red internacional de periodistas y activistas que estaban listos para exponer las atrocidades de Valdés al mundo.

De repente, una gran pantalla en la sala se encendió, mostrando una transmisión en vivo desde el centro comercial donde los guardias de Valdés mantenían a los rehenes. Las imágenes eran desgarradoras: familias enteras encañonadas, niños llorando y hombres y mujeres aterrorizados. La cámara enfocó a uno de los guardias, que sin dudarlo, disparó a uno de los rehenes, causando una conmoción instantánea.

"Cada diez minutos, otro rehén morirá," anunció Valdés, sin perder su sonrisa. "A menos que cumplas con mis demandas, María."

La presión en la sala aumentó de manera exponencial. Javier sintió su sangre hervir, pero sabía que no podían actuar precipitadamente. Los ojos de María se llenaron de lágrimas, pero se forzó a mantenerse firme.

Valdés se acercó más a María, con una mirada lasciva y cruel. "Vamos a comenzar el espectáculo. Si haces lo que te digo, podrías salvar algunas vidas."

Los guardias a su alrededor observaban con atención, algunos con morbo evidente en sus ojos, otros manteniendo una postura tensa pero profesional. La atmósfera en la sala era pesada, cargada de expectativa y temor.

Valdés, disfrutando del poder que sentía, hizo un gesto con la mano hacia la cama. "Javier, si quieres unirte, también puedes. Podría ponerte en cuatro aquí mismo. Estoy seguro de que a la audiencia le encantaría el espectáculo."

Javier sintió un nudo de furia en su estómago, pero mantuvo la calma. "Eres un enfermo, Valdés. Esto no se trata de un espectáculo. Estás a punto de enfrentarte a tus peores pesadillas."

María mantuvo la mirada fija en Valdés, su respiración se aceleraba a medida que la tensión en la sala aumentaba. Sabía que tenía que ganar tiempo para que el dispositivo oculto comenzara a transmitir. Cada segundo contaba.

Valdés se río, un sonido gutural que resonó en la sala. "¿Pesadillas? No tienes idea de lo que significa el miedo, querida. Pero lo aprenderás muy pronto."

El líder criminal se acercó a María, alzando una mano para acariciar su mejilla. La frialdad de su toque hizo que un escalofrío recorriera su cuerpo. María cerró los ojos un momento, buscando en su interior la fuerza necesaria para soportar lo que venía. Recordó todas las veces que Javier había estado allí para ella, protegiéndola y apoyándola. Ahora, esa conexión parecía más fuerte que nunca.

Los guardias se movieron ligeramente, anticipando lo que podría suceder. Algunos susurraban entre ellos, intercambiando miradas cómplices y lascivas. Era evidente que disfrutaban del espectáculo que Valdés les había prometido.

María abrió los ojos y encontró la mirada de Javier, que asintió sutilmente. Ambos sabían que el momento de actuar estaba cerca. La cámara en la esquina de la sala parpadeó, señal de que la transmisión internacional había comenzado. Las atrocidades de Valdés se estaban exponiendo al mundo en tiempo real.

"Valdés," dijo María, su voz firme y decidida. "Has subestimado a los invisibles. Has subestimado nuestra fuerza y nuestra determinación. Esta noche, todo cambiará."

Valdés levantó una ceja, curioso pero incrédulo. "¿De verdad crees que puedes cambiar algo? Eres solo una mujer jugando a ser heroína."

"Soy más que eso," respondió María, sintiendo una energía extraña y poderosa recorriendo su cuerpo. "Somos más que eso."

La habitación se llenó de un silencio tenso, cargado de anticipación. Los ojos de Valdés se entrecerraron mientras intentaba discernir el significado de las palabras de María. La transformación estaba a punto de comenzar, pero aún quedaba un último paso.

"Recuerda el plan," murmuró Javier, acercándose un poco más a María. "No te separes de mí."

"No lo haré. Vamos a acabar con esto juntos."

Valdés hizo una señal a sus guardias y éstos se acercaron, colocando a Javier y a María en el centro de la habitación, justo bajo las luces y cámaras. Valdés se colocó detrás de una consola, manipulando los controles con una sonrisa malévola.

"Que comience el espectáculo," dijo Valdés, mirando a la cámara con una sonrisa de satisfacción.

En ese instante, la luz de las cámaras brilló intensamente, enfocándose en María y Javier. María sintió una vibración extraña en su pecho, un temblor que crecía en intensidad. Javier, a su lado, experimentó una sensación similar.

María miró a Javier, sus ojos reflejando el mismo temor y determinación. "Estamos juntos en esto," murmuró una vez más.

Javier asintió, y justo cuando Valdés se acercaba para hacer su jugada final, una sombra negra comenzó a proyectarse de súbito oscureciendo la habitación. Los guardias se detuvieron, mirando con asombro y temor mientras la sombra crecía y crecía.

La transmisión en vivo capturó cada momento. La audiencia alrededor del mundo contenía la respiración.

Capítulo 14:
La Propuesta y la transformación

La sala estaba en penumbras, la única luz provenía de una lámpara que oscilaba débilmente, proyectando sombras inquietantes en las paredes. María estaba prácticamente en la cama que estaba en el centro de la habitación, su mirada fija en Valdés, quien sonreía con una malicia que le helaba la sangre.

Valdés se acercó lentamente, sus pasos resonando en el silencio.

—Sabes lo que tienes que hacer, María —dijo, su voz suave pero cargada de amenaza—. Si quieres salvar a los tuyos, tendrás que hacer un sacrificio... aquí, ahora.

María tragó saliva, su mente trabajando a toda velocidad. Sentía la presión de los ojos de Valdés, como si fueran cuchillos que la perforaban. Justo cuando estaba a punto de ceder, una figura emergió de las sombras.

—¡Javier! —exclamó María, la sorpresa y el alivio mezclándose en su voz.

Javier, con el rostro serio y la determinación en sus ojos, se colocó entre Valdés y María.

—Esto termina ahora —declaró con firmeza.

Valdés soltó una carcajada.

—¿Y qué vas a hacer, Javier? Eres solo un hombre.

Pero Javier no respondió. En lugar de eso, cerró los ojos y comenzó a concentrarse, su cuerpo temblando ligeramente. Un aura oscura empezó a emanar de él, creciendo en intensidad. María retrocedió, su corazón latiendo con fuerza.

De repente, el ambiente en la mansión de Valdés se llenó de una tensión eléctrica. Javier, que había estado de pie en el centro de la opulenta sala, abrió los ojos de golpe. Lo que antes eran pupilas humanas se habían transformado en profundos vacíos de negro absoluto, devorando toda la luz a su alrededor. Un rugido inhumano, grave y primordial, emergió de su garganta, resonando en las paredes decoradas de la mansión como un trueno que anunciaba una tormenta apocalíptica.

El cambio en su cuerpo fue dramático e impresionante. Sus músculos, antes comunes y discretos, se hincharon y endurecieron, creciendo en tamaño y fuerza. La piel de Javier adquirió un tono oscuro y metálico, que absorbía la luz en lugar de reflejarla, dándole un aspecto de pesadilla viviente. La transformación fue tan rápida como devastadora, cada célula de su cuerpo reconfigurándose en una nueva forma de terror y poder.

Javier se alzaba ahora como un Invisible Oscuro, una figura colosal y aterradora. Su presencia dominaba la habitación, y el aire mismo parecía tensarse a su alrededor. La mansión, con sus lujosos acabados y elegantes decoraciones, se sentía pequeña y frágil ante la manifestación de tal poder.

Valdés, que estaba observando desde una posición de arrogancia, se vio obligado a retroceder. Su confianza se evaporó instantáneamente al enfrentarse a esta visión de terror. El miedo reemplazó su desdén, sus ojos agrandados mientras contemplaba la transformación que desafiaba toda lógica.

—"¿Qué... qué eres?" —balbuceó Valdés, su voz quebrada y temblorosa, incapaz de apartar la mirada de la figura monstruosa frente a él.

Javier, en su nueva forma, avanzó con una velocidad y fuerza sobrehumanas. Cada movimiento era una combinación de agilidad y brutalidad, y en un abrir y cerrar de ojos, lo atrapó en sus garras. El poder en su abrazo era abrumador, levantando a Valdés del suelo como si fuera un simple muñeco.

—"Esto es por mi hermano" —murmuró Javier, su voz resonando con un eco poderoso y tembloroso que parecía retumbar en cada rincón de la mansión. Las palabras, cargadas de furia y venganza, se mezclaban con el rugido de su transformación.

Valdés, luchando en vano, pronto comprendió la inutilidad de su resistencia. Javier lo lanzó contra la pared con una fuerza que la opulenta estructura de la mansión no pudo soportar. El impacto fue devastador, un estruendo que sacudió las paredes adornadas y rompió la calma de la mansión con una fuerza casi sísmica.

Valdés cayó al suelo, inconsciente y derrotado. La figura de Javier permanecía en pie, una sombra imponente en medio del caos. La mansión, una fortaleza de riqueza y poder, había sido arrasada por una fuerza oscura que había reclamado el dominio total sobre el lugar. La oscuridad había triunfado, y con ella, un poder sin igual que había reescrito el destino de Valdés y su lujosa morada.

Justo cuando Javier se disponía a rematar a Valdés, algo increíble sucedió. Un destello de movimiento en el otro lado del escenario llamó la atención de todos. Alexander, el aparentemente tranquilo y misterioso Alexander, apareció de la nada. Nadie entendía cómo ni por qué estaba allí.

—¡Alexander! —susurró María, sus ojos muy abiertos y su respiración acelerada.

Alexander sonrió con una frialdad que heló la sangre de María.

—Así que te sorprende verme aquí, ¿eh? —dijo con una voz cargada de desprecio—. Debiste saber que yo siempre he estado al mando, manejando todo desde las sombras.

María quedó atónita, sus ojos muy abiertos y su respiración acelerada. Alexander continuó hablando, sus palabras impregnadas de una malicia inconfundible.

—Sí, soy el hacker que ha estado controlando la transmisión desde otra sala —reveló Alexander, disfrutando del impacto que sus palabras causaban—. Y créeme, disfrutaré viéndote teniendo sexo por puta.

María, luchando por comprender, preguntó con voz quebrada:

—¿Por qué me engañaste pidiéndome ayuda?

Alexander se acercó a ella, su expresión implacable.

—Porque sabía que Ramírez se había sabido esconder bien y solo tú podías encontrarlo. Solo así podríamos matarlo y callarlo de una vez por todas.

El aire en la sala se volvió aún más denso con la revelación. María sintió una mezcla de traición y desesperación.

Javier, ahora consciente de la presencia de Alexander, se detuvo momentáneamente. La tensión en el ambiente era palpable, como una cuerda a punto de romperse. Valdés, por primera vez, mostró una expresión de verdadera preocupación, sus ojos moviéndose nerviosamente entre Javier y Alexander.

De repente, los rasgos de Alexander comenzaron a distorsionarse, como si su figura fuera una sombra ondulante atrapada entre dos mundos. Su sonrisa, antes calculada y serena, se desvaneció en un gesto desquiciado mientras su piel adquiría un tono cenizo y quebradizo. Los ojos, siempre fríos y calculadores, se tornaron en pozos de un negro infinito que absorbían toda la luz en la estancia, reflejando un vacío abismal. Las facciones de su rostro se alargaron, volviéndose angulosas y siniestras, como una máscara burlona esculpida por la desesperanza.

Ante los ojos atónitos de todos los presentes, Alexander comenzó a crecer, su cuerpo expandiéndose en una amalgama grotesca de músculos y sombras vivientes. Los huesos se deformaban bajo la piel, generando crujidos inquietantes mientras su estatura superaba la de un hombre común, alcanzando una imponente altura que proyectaba una amenaza palpable. Sus manos se alargaron en garras afiladas, capaces de destrozar cualquier cosa con un simple roce. A diferencia de la fuerza bruta de Javier, Alexander irradiaba una oscuridad aún más profunda y aterradora, una presencia maligna que resonaba con un poder tan antiguo como el odio mismo.

Una niebla negra, densa y corrosiva, comenzó a emanar de su cuerpo, serpenteando por la estancia como si tuviera vida propia. Era como si la oscuridad misma hubiese decidido revestirle, dándole forma y poder. Las sombras parecían arrastrarse hacia él, convirtiéndose en una extensión de su voluntad, uniendo su figura a un abismo que solo él controlaba.

Finalmente, lo que había sido Alexander ya no existía. Ahora, se erguía una criatura cuyo poder sombrío superaba incluso al de Javier, una fuerza que no solo dominaba la destrucción, sino que encarnaba la esencia misma del terror. El aura que emanaba de él era fría y asfixiante, como la promesa de una muerte inevitable, mientras sus ojos negros, vacíos de toda humanidad, se posaban sobre sus enemigos con una mezcla de desprecio y hambre.

La revelación era innegable: el verdadero rostro de Alexander había emergido, y en él se hallaba el corazón oscuro de una maldad insondable.

El aire parecía cargado de electricidad mientras los dos Invisibles Oscuros se enfrentaban. La mansión de Valdés, que alguna vez fue símbolo de opulencia y control, ahora temblaba ante las fuerzas desatadas en su interior. Javier y Alexander, criaturas de pesadilla nacidas del abismo, se erguían frente a frente, sus cuerpos colosales proyectando sombras que cubrían los restos de lo que alguna vez fue un salón lujoso.

Las miradas de ambos se cruzaron, y en ese instante, el mundo pareció detenerse. Las paredes se agrietaban y el suelo vibraba bajo sus pies, como si incluso la realidad misma temiera lo que estaba a punto de desatarse. Sin previo aviso, Javier se lanzó hacia adelante con una velocidad devastadora, su puño envuelto en una energía oscura que prometía aniquilación. Sin embargo, Alexander fue más rápido. Con un movimiento apenas visible, se desplazó como una sombra etérea, interponiéndose entre Javier y Valdés, quien estaba atrapado entre los escombros.

Alexander, con una expresión de triunfo malicioso, extendió una mano hacia Javier. En un abrir y cerrar de ojos, el impacto de su golpe resonó como un trueno, desatando una onda de choque que desgarró el suelo y partió las paredes en pedazos. Los escombros cayeron como lluvia alrededor de ellos, y la mansión se convirtió en un caos de polvo y destrucción. Ambos gigantes continuaban su lucha, cada movimiento causando devastación a su paso. Techos enteros colapsaban, y las columnas que alguna vez sostenían la estructura se desmoronaban como castillos de arena.

Con cada golpe, Javier intentaba alcanzar a Alexander, pero la estrategia del enemigo era clara. Alexander se desplazaba con una agilidad insólita para su tamaño, siempre un paso por delante, utilizando la destrucción a su favor. A medida que la batalla se intensificaba, sus cuerpos seguían mutando, creciendo y absorbiendo más poder de las sombras que se arremolinaban a su alrededor. Javier avanzaba con furia, sus golpes quebrando el suelo y creando cráteres, pero Alexander esquivaba con precisión, como si estuviera jugando un ajedrez macabro en medio de la devastación.

En un movimiento repentino y calculado, Alexander aprovechó la oportunidad que había esperado. Usando la propia fuerza de Javier en su contra, desvió un golpe devastador hacia una de las pocas paredes que aún permanecían en pie. La estructura se desmoronó, creando una avalancha de escombros que cegó momentáneamente a Javier. Sin perder tiempo, Alexander atravesó la nube de polvo y en un solo movimiento liberó a Valdés de las garras de su adversario. Con una mirada de pura determinación y una sonrisa torcida, Alexander sujetó a Valdés con una fuerza sobrenatural y, con un rugido atronador, lanzó un golpe que atravesó la última pared intacta de la mansión.

El edificio no pudo soportar más. Las vigas de metal se doblaron y el techo se derrumbó en una tormenta de concreto y polvo. Pero Alexander no se detuvo. Con Valdés bajo su brazo, avanzó entre los escombros como si fueran simples obstáculos, dejando atrás un rastro de destrucción. Javier, cegado por la furia y el polvo, intentó perseguirlo, pero la estructura colapsada y los escombros cayeron en cascada, bloqueando su camino.

Una cámara de seguridad semidestruida que estaba ubicada en otro edificio contiguo, y otras cámaras que milagrosamente continuaban conectadas a los cables en el suelo y de las que habían estado capturando cada segundo de la batalla, transmitieron en vivo la imagen de la mansión en ruinas. La audiencia, atónita, veía cómo la sombra de Alexander se alejaba con Valdés en brazos, desapareciendo entre las sombras como un espectro en la noche. Los susurros de desconcierto inundaron la transmisión, mientras los espectadores intentaban procesar lo que acababan de presenciar.

María, con el corazón martilleándole en el pecho, había logrado mantenerse a salvo, esquivando los escombros como podía mientras la titánica batalla rugía a su alrededor. Se había escondido tras una columna que milagrosamente seguía en pie, observando entre los huecos que dejaban las piedras derrumbadas. A medida que los estruendos disminuían y el polvo comenzaba a disiparse, por fin pudo exhalar un respiro, aunque la tensión la mantenía rígida, su cuerpo aún tembloroso por la angustia.

Cuando alzó la mirada, lo vio. Javier, ahora convertido en un ser de proporciones colosales, estaba de pie en medio de los restos, su figura oscura y amenazante dominando el escenario. María tuvo que forzar la vista hacia arriba para encontrar su rostro, una máscara de ira y poder, que desde esa altura parecía casi inhumano. Durante unos instantes eternos, ambos se quedaron mirando, congelados en una tensión que parecía poder romper la misma realidad.

El terror la invadió. Esa no era la mirada del hombre que conocía, ni del compañero con quien había compartido tantos desafíos. ¿Quién era realmente? ¿Qué había estado ocultando todo este tiempo? Las preguntas se agolpaban en su mente, y con ellas, un frío que le recorría la espina. ¿Por qué no había revelado antes que era un Invisible Oscuro? ¿Qué más estaba escondiendo? ¿Por qué no le pregunté nada incluso antes de que Alexander revelara su identidad como Invisible oscuro?

La presencia de Javier, tan imponente y distante, le hizo sentir pequeña, vulnerable como nunca antes. María no podía apartar la vista, atrapada entre el desconcierto y el miedo. Una parte de ella quería huir, escapar de esa revelación que lo cambiaba todo, pero estaba paralizada. En esos ojos negros que ahora la observaban desde las alturas no había respuestas, solo una oscuridad insondable que parecía devorar todo a su alrededor.

El mundo exterior también contenía la respiración. Los espectadores, inmersos en la transmisión en vivo, observaban estupefactos el intercambio silencioso entre María y Javier, con la mansión destruida como telón de fondo. Los comentarios en las redes estallaron en una mezcla de teorías, asombro y terror. Nadie sabía qué esperar, y esa incertidumbre era lo que mantenía a todos al borde de sus asientos.

Javier finalmente desvió la mirada, volviendo a la realidad con un suspiro pesado que resonó como un eco en la devastación. La guerra apenas comenzaba, y ambos lo sabían. María tragó saliva, sintiendo que estaba a punto de enfrentar algo mucho más oscuro y peligroso de lo que jamás había imaginado. Las respuestas que buscaba estaban enterradas en un pasado lleno de sombras y dolor, y empezaban a resurgir, trayendo consigo una ola de caos que amenazaba con arrasar todo a su paso.

Este no era solo el final, sino el preludio de algo mucho más grande y aterrador. Las piezas estaban en movimiento y el tablero de engaños se desplegaba, preparándose para un enfrentamiento que haría temblar los cimientos de su mundo.

Capítulo 15:
El Despertar y el Caos

La ciudad se encontraba al borde del colapso. El espectáculo mediático que durante días había capturado la atención de millones en todo el mundo ahora se desbordaba en una brutal realidad que nadie podía ignorar. Las cámaras de seguridad de toda la ciudad, *hackeadas* y retransmitiendo desde todos los ángulos posibles, mostraban cada instante de terror mientras los ciudadanos, que antes observaban con curiosidad morbosa desde la seguridad de sus pantallas, comenzaban a comprender la verdadera magnitud de la catástrofe. Aquellos monstruos que hasta hacía poco parecían ser una exageración televisiva ahora se revelaban en toda su monstruosa grandeza. Fue entonces cuando se desató el verdadero caos y el despertar colectivo: La gente gritaba y huía despavorida entre las calles escambrosas.

Gritos de pánico resonaban en las calles. Gente desesperada corría en todas direcciones, dejando caer teléfonos, abandonando vehículos, buscando un refugio que parecía inexistente. Los invisibles oscuros, liderados por Valdés y Alexander, emergían desde las sombras como bestias de pesadilla, arrasando con edificios y aplastando todo a su paso. Los colosales pasos de Alexander resonaban como tambores de guerra, haciendo vibrar el suelo y haciendo que ventanas estallaran en mil pedazos. Cada movimiento suyo era acompañado por una ola de destrucción; los edificios crujían y se desplomaban en cascadas de escombros, mientras el caos se apoderaba de toda la ciudad.

El aire estaba impregnado de humo, polvo y el retumbar de explosiones. Los ojos de María, llenos de incredulidad y miedo, no podían apartarse de Javier. Desde su escondite improvisado entre los restos de lo que alguna vez fue una mansión, intentaba entender lo que estaba ocurriendo. El hombre que conocía, aquel que había sido su aliado y su apoyo, ahora se alzaba como una figura colosal, su piel cubierta de sombras que danzaban como fuego oscuro. En su mente, las preguntas eran un torbellino: ¿Por qué Javier nunca le contó su verdad? ¿Qué oscuros secretos escondía en su interior? ¿Hasta dónde llegaba la monstruosidad que ahora se manifestaba ante ella?

Los ojos de Javier, negros como la noche, buscaban algo en los de María, como si una parte de él todavía quisiera aferrarse a su humanidad. Pero la confusión y el dolor que se reflejaban en su mirada solo acrecentaban el temor de María. El espectáculo era aterrador, pero la incertidumbre de lo que había por venir lo hacía aún peor. Entre el rugir de los escombros y el caos ensordecedor, la imagen de esos dos Invisibles Oscuros, uno en busca de venganza y otro de redención, se volvía un símbolo de la desesperación que se apoderaba de cada rincón de la ciudad.

Valdés, en medio del caos, sonreía con un sadismo inigualable. Su voz resonó por la ciudad como una sentencia de muerte:

—¡Es hora, muchachos! ¡Que el mundo arda!

Con cada palabra suya, nuevas explosiones surgían en diferentes puntos de la ciudad, donde más invisibles oscuros emergían para sembrar el caos. La destrucción era imparable. Estaciones de trenes, centros comerciales, barrios enteros se desplomaban bajo el peso de la anarquía. Lo que antes era un espectáculo de entretenimiento se había convertido en una verdadera pesadilla bélica, y la audiencia, tanto en la ciudad como en el mundo entero, se llenaba de terror al entender que ya no había vuelta atrás. Estaban presenciando el inicio de una guerra entre monstruos, una guerra que ningún ser humano podría detener.

El aire estaba cargado de electricidad mientras Javier y María intercambiaban una mirada cargada de incertidumbre. A pesar del terror que sentía, María se dio cuenta de que su destino estaba ligado a él de una manera que no podía comprender del todo. Los fragmentos de memoria de Javier, que parpadeaban como destellos en su mente, lo torturaban, mostrando retazos de un pasado donde la ciencia y la crueldad se unieron para crear algo que jamás debió existir.

Con una velocidad que no correspondía a su tamaño, Alexander comenzó a huir, atravesando muros y calles como si fueran de papel. A medida que se alejaba, su figura gigante se desdibujaba entre las sombras, dejando a Javier, María y a la ciudad entera sumidos en una desolación absoluta.

Ahora había un panorama apocalíptico de una ciudad ardiendo en caos. Las pocas cámaras de seguridad de la ciudad que habían quedado medio funcionando, captaban escenas de horror: cuerpos entre los escombros, familias separadas corriendo desesperadas, y la mirada vacía de aquellos que ya habían aceptado su destino. En redes sociales de la gente que habitaba fuera del país, murmuraban las teorías y los comentarios se multiplicaban, pero el miedo palpable en los rostros de los comentaristas dejaba claro que, esta vez, nadie sabía qué esperar.

María, aún paralizada por el miedo, intentaba procesar lo que acababa de presenciar. Las preguntas seguían acumulándose: ¿Quién era realmente Javier? ¿Qué le había hecho convertirse en esto? Y, sobre todo, ¿qué clase de guerra se desataría ahora que los monstruos caminaban entre ellos? La perpleja María terminó con esa incertidumbre sofocante, quedándole claro que el futuro solo traería más oscuridad y destrucción. Ni siquiera ella se sentía segura ante la presencia de Javier, puesto que no conocía su próximo movimiento. No sabía si era un aliado o un enemigo.

—Esto es solo el principio.

Capítulo 17:
El Caos y la Revelación
(Final de temporada)

La ciudad se encontraba sumida en un caos apocalíptico. Las calles estaban llenas de escombros, y el sonido de sirenas y gritos se mezclaba con el estruendo de las explosiones y los rugidos de los gigantes oscuros. La gente corría de un lado a otro, buscando desesperadamente un lugar seguro.

Los invisibles oscuros, seres de tamaño colosal con cuerpos completamente negros y ojos que brillaban con una inquietante luz blanca, se movían por la ciudad como sombras titánicas. Cada paso que daban hacía temblar el suelo, y sus manos enormes aplastaban edificios y vehículos como si fueran juguetes. Sus siluetas oscuras se recortaban contra el cielo en llamas, creando una imagen aterradora y surrealista.

En medio de todo este caos, la gente se hacía una pregunta impactante: ¿Quién era Javier realmente? ¿Cómo había mantenido en secreto que era un invisible oscuro?

Los rumores se propagaban rápidamente entre los sobrevivientes. Algunos decían que Javier había sido uno de los principales científicos detrás del experimento que creó a los invisibles oscuros. Otros afirmaban que había sido víctima de esos mismos experimentos y que había perdido la memoria como resultado. La verdad era que nadie sabía con certeza cuál era su historia, pero todos coincidían en una cosa: Javier era diferente.

Mientras los gigantes oscuros sembraban destrucción, los invisibles defectuosos, aquellos que habían sido considerados fracasos en los experimentos, emergieron de sus escondites. Estos hombres y mujeres comunes, cuyas partes del cuerpo eran a veces visibles y a veces no, comenzaron a ayudar a los civiles atrapados en el caos.

"¡Por aquí!" gritó una mujer con un brazo invisible, guiando a un grupo de personas hacia un lugar seguro.

"¡Rápido, síganme!" exclamó un hombre cuyo rostro desaparecía y reaparecía con cada paso.

A pesar de haber sido maltratados y marginados por la sociedad, los invisibles defectuosos se convirtieron en los protectores de los civiles. Usaban sus habilidades únicas para rescatar a las personas atrapadas bajo los escombros y guiar a los heridos hacia refugios improvisados. A medida que más y más personas eran salvadas por estos héroes inesperados, una nueva pregunta surgía entre la población: ¿Por qué los invisibles defectuosos, a quienes habían despreciado y perseguido, arriesgaban sus vidas para salvarlos?

El contraste entre los invisibles oscuros y los defectuosos era abrumador. Los primeros eran la cúspide del éxito del experimento, seres gigantescos con una fuerza descomunal y un aspecto aterrador. Los segundos eran aquellos que habían sido considerados fallos, pero que ahora demostraban una valentía y compasión que nadie había anticipado.

En una esquina de la ciudad, un grupo de periodistas logró captar imágenes de uno de los invisibles oscuros arrasando con un edificio. Su figura gigantesca se alzaba sobre las ruinas, y sus ojos brillaban con una intensidad que reflejaba su poder. Mientras tanto, en una calle cercana, un invisible defectuoso ayudaba a un niño a salir de los escombros, su cuerpo parpadeando entre la visibilidad y la invisibilidad.

"Miren eso!" gritó uno de los reporteros, apuntando con su cámara hacia la escena. "Los invisibles defectuosos están salvando vidas. ¡Esto es increíble!"

Las imágenes se transmitieron en vivo, y pronto todo el mundo fue testigo de la valentía de los invisibles defectuosos. Las redes sociales se llenaron de mensajes de apoyo y gratitud hacia estos héroes inesperados. La narrativa comenzaba a cambiar, y la sociedad empezaba a darse cuenta de la injusticia que habían cometido contra ellos.

Sin embargo, la amenaza de los invisibles oscuros seguía siendo inmensa. A pesar de los esfuerzos de los defectuosos, la destrucción continuaba. La gente temía lo que estos gigantes oscuros podrían hacer a continuación.

En un edificio derrumbado, un grupo de sobrevivientes se reunió en torno a una pequeña radio, escuchando las noticias que llegaban desde los pocos medios que aún estaban operativos.

"Se ha confirmado que los invisibles oscuros son el resultado de un experimento fallido", informó el locutor. "Fueron creados para ser armas de guerra, pero algo salió mal. Ahora, están fuera de control, y sus intenciones son desconocidas."

"¿Cómo vamos a sobrevivir a esto?" preguntó una mujer, con lágrimas en los ojos.

"No lo sé", respondió un hombre, abrazándola. "Pero al menos no estamos solos."

La noche era más oscura que nunca, envolviendo a los protagonistas en una atmósfera densa de tensión y misterio. En su escondite improvisado, Marta, Sombra y Daniel no podían apartar los ojos de las pantallas que mostraban los últimos movimientos de María y Javier. Lo que veían los dejaba sin aliento.

"¿Javier es un Invisible Oscuro?" murmuró Marta, incrédula. La información que habían recopilado hasta ese momento no daba indicios de semejante revelación. Ahora, todo tenía un sentido perturbador y peligroso.

Daniel, aún en estado de shock, añadió: "Y esas letras en sus pechos... cada Invisible Oscuro lleva la inicial de su nombre. Esto es más que un enigma, es un rompecabezas siniestro y muy bien planeado."

Sombra, más controlado, aunque con el pulso acelerado, respondió: "Estamos frente a algo extraordinario. Es como si estuvieran marcados para algo que ni siquiera nosotros entendemos. Si esas letras forman parte de un código mayor, necesitamos descifrarlo rápido."

De repente, un sonido estridente interrumpió su conversación. Un correo inesperado apareció en la pantalla. Sombra no dudó en comenzar a descifrar el mensaje, mientras los demás observaban expectantes.

Cuando finalmente logró abrir el contenido, el mensaje era breve y perturbador:

"**¿Quieren saber quién es Isabella Romero?**"

Un silencio sepulcral invadió el cuarto. Los tres se miraron con una mezcla de terror e incredulidad. Sin embargo, no tuvieron tiempo de procesar lo que acababan de leer; la pantalla se apagó abruptamente, dejando una sensación de suspenso en el aire. Sombra rápidamente tomó el control, y con una mirada decidida, dijo:

"Tenemos que ir por María. Ahora. Ella está corriendo un grave peligro"

Mientras tanto...

María permanecía inmóvil entre los escombros, incapaz de apartar la mirada de Javier. A medida que la confusión crecía en su mente, sus pensamientos la abrumaban: ¿Quién era realmente él? ¿Podía confiar en alguien que aparentemente guardaba un secreto tan oscuro? Mientras ella lo analizaba, Javier mantenía su mirada fija en la destrucción a su alrededor, consciente de que algo peligroso estaba por suceder.

De repente, el aire pareció volverse más denso. Una vibración profunda recorrió el suelo, y una figura emergió entre la nube de polvo. Era una mujer de aspecto monstruoso, alta y con una piel grisácea que parecía absorber la luz. Su cabello enmarañado y oscuro caía como un manto sombrío, y en su pecho, la letra "I" brillaba con un resplandor escalofriante. Los ojos de la criatura eran dos pozos carmesí que parecían contener una furia descontrolada. María sintió un escalofrío recorrerle la columna al comprender que estaban frente a una Invisible Oscura de un poder desconocido.

La tensión era palpable, y María se debatía entre huir o enfrentarse a lo que fuera que esa figura representaba. En ese preciso momento, Javier se adelantó, posicionándose entre María y la criatura. Aún sin saber si podía confiar en él, María sintió un extraño alivio, como si en lo más profundo aún creyera que Javier no era su enemigo.

Antes de que cualquiera de los dos pudiera hacer un movimiento, un ruido ensordecedor resonó en el cielo. Un helicóptero apareció en la distancia, descendiendo con rapidez hacia la zona de devastación. Marta, Sombra y Daniel estaban al mando, decididos a sacar a María de allí antes de que fuera demasiado tarde.

"¡María, sube!" gritó Daniel desde el helicóptero, mientras la nave bajaba lo suficiente para que ella pudiera alcanzarlo.

María dudó por un segundo, sus ojos alternando entre Javier y el helicóptero. Pero antes de que pudiera tomar una decisión, la Invisible Oscura rugió con un sonido que estremeció el aire, avanzando hacia ellos con una fuerza inhumana.

Javier dio un paso al frente, adoptando una postura defensiva. Estaba claro que, en ese instante, el enfrentamiento era inevitable. La criatura avanzó con una velocidad aterradora, dispuesta a destruir todo a su paso. Pero justo cuando el choque parecía inminente, Marta, desde el helicóptero, lanzó una cuerda hacia María.

"¡No hay tiempo! ¡Vámonos ahora!" gritó Sombra, su voz cargada de urgencia.

María, sabiendo que tenía que tomar una decisión rápida, se aferró a la cuerda y comenzó a subir, mientras el helicóptero se elevaba lentamente. Javier intercambió una última mirada con ella antes de volverse por completo hacia la Invisible Oscura. La criatura se lanzó contra él con una fuerza descomunal, y aunque no podía escuchar desde la altura, María pudo ver cómo el impacto hacía retumbar el suelo.

Desde el aire, Marta, Sombra y Daniel observaban la escena con el corazón en un puño. El asombro en sus rostros era evidente, especialmente al ver la letra "I" resplandeciente en el pecho de la nueva amenaza.

"¿Qué significa esto?" murmuró Marta, todavía en shock. "Cada uno de ellos... están marcados."

El helicóptero se alejó rápidamente, dejando la escena abajo, con Javier y la Invisible Oscura listos para enfrentarse. María, aunque a salvo momentáneamente, no podía apartar la vista del lugar donde se libraba la batalla. Su mente estaba llena de preguntas sin respuesta. ¿Quién era esa mujer? ¿Cuál era el verdadero papel de Javier en todo esto? Y sobre todo... ¿qué significaba la mención de Isabellal Romero?

El cierre final

El helicóptero se perdía en la oscuridad de la noche, pero la batalla en tierra continuaba. La Invisible Oscura con la letra "I" rugió con una fuerza abrumadora, y la imagen de su silueta contra el cielo iluminado por las llamas fue la última escena antes de que todo quedara en suspenso.

Final de temporada
Continuará...

Don't miss out!

Visit the website below and you can sign up to receive emails whenever Salomón Malak publishes a new book. There's no charge and no obligation.

https://books2read.com/r/B-A-GPMPC-ROGDF

BOOKS 2 READ

Connecting independent readers to independent writers.